U0058827

解不開的鎖鏈

風見喬、曼殊、DJ之神　合著

天空數位圖書出版

目錄

解不開的鎖鏈

作者：風見喬

一

客廳裡，裝滿了人，電視機裡播放著滑稽的綜藝節目，而現實中人人的臉色沉重到彷彿世界末日即將到來，與電視畫面形成強烈的對比。

「大哥，你什麼時候才能把錢還給我們？」首先出聲的是坐在三人沙發上中間位子，家裡排行老三的文翰。

「對啊！大哥，你把爸之前要留給大家的遺產都拿去還你的債了，害我們現在都沒有遺產分，是不是要賠償我們？」坐在文翰左邊，排行第四的文雅用著尖銳的語氣說話。文翰與文雅是龍鳳胎，從小感情就很好。

坐在靠近窗戶二人沙發的老大文淵一直沒有講話，只是兩眼發愣，人在這裡，心卻不知道在哪裡？

最小老五文欣也出聲：「大哥，你到底要不要處理？每次遇到問題就是逃避，你以為你不講話就都沒事了嗎？」

只見文淵面無表情，雙手環抱在胸前冷冷地說：「我都跟你們道歉了，還想要怎樣？」

「道歉？你那種態度叫做道歉？我們根本看不到你的誠意。」文翰動了怒火。

「當初事情發生的時候，你不拿出來跟大家商量，如果欠債的數目小，大家都可以幫忙籌，結果你一聲不響就拜託爸拿房子跟賣地讓你去還債，一直到現在我們才知道這件事，你還一付這種態度，我真的不知道為什麼會有你這種大哥。」文雅氣急敗壞地說道。

文翰瞄了一下文立：「還好爸那時候還不算笨，先把房子過戶給二哥，要不然現在可能連這棟房子也沒了。」

原本眼神沒有聚焦的文淵望向了文立，冷笑一聲：「哼！還好意思說，現在房子在你名下，是不是也該吐出來還給大家？」

許久沒有出聲的文立緩緩說出：「你放心，我一定會還，當初爸把房子過戶給我，就是知道我不會獨吞，而且要我拿房子出來還有一個條件，就是要等到新澤滿二十歲才可以分家。」

「為什麼我不知道這件事？」文翰突然瞪大眼睛。

文立不以為然說道：「你當然不知道，如果讓你知道了，錢還不都被你拿走，這是爸給新澤這個大孫最後的一點疼惜。」

「你什麼意思？為什麼爸要給我兒子的錢還要交給你來發落？」文翰從沙發上站起來。

文立的語氣依然平緩：「你不用跟我爭，當初房子過戶給我的時候這個就是附加條件，還有律師在場，說明了如果要分家，賣完要給新澤的份一定要親自交給他，至於他之後要怎麼使用，那是他的事，我只完成爸交代給我的事。」

文雅這時插話：「我不管爸的房子到底要分給誰，反正沒我跟文欣的份，我只要討回那些被大哥花走的遺產，如果不給我，大家法院見。」

此時新澤靜靜坐在門旁的位子，神情落寞望著門前那條小巷，他已經是個十九歲的大男孩，是所有孫子輩裡排行最大的，他坐在爺爺生前最喜歡的位子，以前早上的時候爺爺總會利用陽光坐在這裡看報紙，爺爺高傳繼是他最尊敬最喜愛的阿公，他不懂為什麼在爺爺過世後，以前大家說說笑笑的情景都沒了，取而代之的是怒言相向，難道從前那些兄友弟恭的景象都是虛假的？

高家以前在南部地方上是個不折不扣的大戶人家，有好幾甲的地，好幾間的祖屋，自從高家的最高在位者過世後，財產分了出去，高傳繼也拿到了不少，可惜生的幾個孩子都不爭氣，以為有無限揮霍的金礦銀礦，殊不知再大的金山也填不滿那些像黑洞般的債務。

二

三年前

　　新澤還是個讀高一的學生，每天下午最期待的事就是可以趕快放學，帶著雀躍的心情騎腳踏車回家，因為高傳繼總會準備他喜歡吃的水果，笑咪咪地在門口迎接新澤回來。

　　今天新澤一如往常的騎腳踏車回高傳繼家，可是情況卻有點反常，高傳繼並沒有在門口迎接新澤，他想起之前有一次也是這樣，那天爺爺因為感冒引發肺炎被送進醫院，差點送了老命，新澤感到非常難過，很怕從此失去了最疼愛他的爺爺，他不敢想像後果，神情從雀躍轉為擔心，急忙地連腳踏車都沒停好就衝進三合院的屋子裡。

　　「阿公！阿公！」新澤焦急地大喊，客廳裡空無一人，也無人應答。廚房、後院也都沒人，正當他要去隔壁二伯高文立家看高傳繼在不在那裡的時候，經過了高傳繼的房門，聽到有人在講話，高新澤停下了腳步，發現房門微開，是大伯父高文淵和高傳繼，高新澤不敢張揚，只能屏住呼吸偷偷躲在門外。

　　「爸，我求你，就最後一次，再借我一些錢，等我捱過了這關，我就連本帶利還給你。」高文淵祈求著。

　　高新澤覺得納悶，為何高文淵說最後一次，難道之前借過很多次了？

　　「爸，我知道我不孝，我沒什麼才能，我真的以為這次會發財，沒想到還是被朋友騙了。」高文淵擤了擤鼻子又繼續說：「爸！你再不救我，我就要把你隱藏多年的祕密說給其他人聽！」

　　高新澤聽到這裡心臟跳得很快，呼吸急促，思緒混亂，他不知道為什麼高文淵要這樣威脅高傳繼，而且他敬愛的爺爺能有什麼不可告人的秘密？

　　「你敢！」高傳繼舉起手掌，準備揮向高文淵的臉頰，可是手掌只停留在半空中。高文淵沒有閃躲，好像已經預知了會有這樣的結果

　　高文淵堅定地說：「只要你拿錢出來，這個祕密會伴隨到我死，永遠不會有人知道。」

　　「好！這是你說的，但我也警告你，這是最後一次我拿錢出來救你，過了這次，你休想要我再拿出半毛錢，我寧願你公開秘密，也不願意你敗光高家的財產。」高傳繼覺得非常痛心疾首，為何自己的兒子會用這種手段來對付他。

躲在門外的高新澤不敢相信自己聽到了什麼，躡起腳步慢慢往門外走，當作一切都不知道。

晚上，高新澤躺在床上，翻來覆去就是睡不著，他不知道該怎麼辦，也不可能找他爸爸高文翰說，因為他知道他們兄弟倆本來就不合，一時間滿腦子已經集滿十萬個為什麼，為什麼大伯父會欠錢？阿公為什麼會有不可告人的祕密？阿公借了多少錢給大伯父？他想要找高傳繼問清楚，可是又害怕會引起什麼波端，等到他入睡時，已經是凌晨五點。

三

隔天上課，高新澤很沒有精神，整天也都魂不守舍沒有專心在課堂上，因此被班導罰課後留校打掃教室。

「喂！高新澤，你今天很奇怪喔？」呼喚他的是品學兼優，長相是校花等級的班長，也是高新澤心目中的女神。

「葉鈞喬，關你屁事。」雖然是心目中的女神，但嘴巴就是吐不出好話，被罰留校打掃已經很丟臉了，還要被自己愛慕的女神監督，臉上實在掛不住面子。

「欸！你什麼態度？我是班長，而且是老師叫我盯著你好好打掃的。」葉鈞喬拿出身為班長的威嚴「你如果不打掃乾淨，我就告訴老師。」

高新澤實在沒空搭理她，只想趕快打掃完畢，奔回家問個清楚。

一回到高傳繼的家，剛踏入門口，就傳來吵架聲，高新澤慢慢走進屋裡，是他爸爸高文瀚和大伯父高文淵在吵架，還動手打起來，高文立趕緊把兩人架開。

「媽的王八蛋，我是你大哥，你敢打我。」高文淵對著高文瀚怒吼。

「大哥又怎樣？！你有大哥的樣子嗎？！只會捅婁子還會幹嘛？！」高文瀚也不甘示弱回嗆。

高文立連忙勸說：「好了！你們兩個別打了！從小打到大不煩嗎？都是親兄弟何必動手動腳的！」好不容易終於把兩人分開，轉眼看見高新澤就站在門口「新澤下課啦？趕緊來勸勸你爸爸，都幾歲的人了還在動手動腳。」

高新澤還沒搞清楚狀況，就被高文瀚拉走：「新澤，你是我們高家的命脈，你們這一輩就只有你一個男生，你一定要好

好保護高家，不要被一些肖想財產的人把錢都挖走。」高文翰邊說邊用斜眼瞄向高文淵。

高文淵自知高文翰在指桑罵槐，便惱羞成怒：「你在講什麼屁話！有證據就拿出來！憑什麼說我挖走高家的錢。」

「對啊！文翰，你為什麼會這樣說？」高文立也知道高文翰不是口說無憑的人

「我有個朋友在農會工作，她跟我說爸今天去農會問土地貸款的事，好端端地沒事問什麼貸款？除了借錢給大哥還債以外還能幹嘛？」高文翰緩緩說道。

「操！你那什麼朋友？他隨便說說你就隨便信？會不會是他認錯人？」高文淵秉持著打死不認的態度。

「如果是別人說我還不信，我那個農會的朋友就是我之前無緣的大嫂，也是你無緣的前妻，你覺得她會認錯人嗎？」高文翰語帶諷刺地說。

高文淵心裡一驚，他忘記他的前妻就是在農會工作的，他沒想到高傳繼會跑去農會問貸款的事。

「可是就算爸去農會借錢，也不代表就是要幫大哥還債，事情還是先搞清楚吧！」高文立想藉此打個圓場。

　　而高新澤只是佇立在一旁，他不曉得怎樣去解決這件事，不知道要不要把昨天聽到高文淵跟高傳繼借錢的事講出來，但是無憑無據，他一時也不知道該怎麼辦。

　　「爸，我人有點不舒服，我想先回家休息了。」高新澤隨意找了藉口想逃離這個他無法掌控的現場。

四

　　這天高新澤依然被罰課後留校打掃，葉鈞喬見他有些不對勁，不像是平常嘻嘻哈哈的高新澤，出於好意想關心一下這個同班同學。

　　「高新澤，你最近怎麼了？不像平常的你。」葉鈞喬長髮及腰，穿著白色上衣藍色百褶裙坐在課桌上溫柔地詢問。

　　高新澤默默地掃著地，不發一語。

　　「喂！高新澤我在跟你講話。」葉鈞喬有點耐不住性子。

　　高新澤依然沒有停下動作，掃完地後接著拖地，心事重重的樣子，葉鈞喬也嚇到了，靜靜的看高新澤完成打掃工作。

　　等葉鈞喬檢查打掃的乾淨程度後，準備背起書包離開。

　　「妳可以陪我一下嗎？」高新澤走到葉鈞喬面前。

　　葉鈞喬覺得很突然，但又不知道怎麼拒絕，因為她還要趕去補習班補習。

　　「嗯……好啊……但是不能太久……我還要去……」

　　「只要一下下就好。」高新澤打斷了葉鈞喬未說完的話。

　　他們肩並肩一起走在校園裡的龍柏大道，11 月下午的風涼爽且舒服，樹葉被風輕輕撫過，沙沙作響，葉鈞喬的烏黑亮髮也被風吹得打結，就像高新澤的思緒一樣。

　　「你……還好嗎？」葉鈞喬打破了沉默。

　　高新澤依然沉默繼續往前走，走了一段路才不見一直在他身邊的葉鈞喬，他回頭張望「妳怎麼不走？」

　　「你終於要開口說話了嗎？」葉鈞喬沒好氣地說。

　　「我不知道要說什麼，我只是想要有個人陪。」

　　葉鈞喬聽到這話覺得自己不被重視，立刻甩頭往反方向走。高新澤見狀也趕緊上前拉住葉鈞喬。

　　「喂~妳要去哪裡？」高新澤緊抓住葉鈞喬的手臂。

　　「我要去補習，不想跟一個不會說話的木頭在這裡浪費時間。」

高新澤一聽便忍不住笑意。

「哈！這裡的木頭本來就都不會說話啊~這裡是龍柏大道。」

「你到底想幹嘛？我真的要去補習了。」葉鈞喬嘗試甩開高新澤的糾纏。

「你補到幾點？你下課後我們去吃宵夜。」

「不行，我有門禁，太晚回家爸媽會一直打電話找我。」

葉鈞喬家教甚嚴，每個行蹤都要掌握得很清楚，每到一個地點就要馬上用手機拍張自拍傳給父母，像現在放學後沒有馬上去補習班，等等肯定會收到奪命連環 call。

「不然我打電話給妳。」

「再說啦！我補習真的要遲到了。」語畢，葉鈞喬頭也不回地離開，留下心中滿懷惆悵的高新澤。

五

高新澤帶著滿滿的憂愁騎腳踏車回他最喜愛的爺爺家，本應該懷著興奮的心情，可是接連幾天所發生的事，讓他備感壓

力，覺得胸口好像有一口氣一直喘不過來，但為了不讓高傳繼發現，他還是要強顏歡笑地面對。

「阿公，我回來了。」高新澤一踏入三合院的客廳，看見高傳繼坐在木門邊，沒有焦距的望向遠方，手裡拿著一本簿子。

「咳咳！新澤你回來了，阿公有準備你最喜歡吃的水果，阿公去端來給你吃。」原本三魂不見七魄的高傳繼聽到親愛的孫子的聲音，整個人都醒了過來。

「阿公不用啦，我要吃我會自己去端。」高新澤連忙按下正要從椅子上站起的高傳繼。

好一個祖慈孫孝的畫面，如果沒有前幾天的事情發生，現在應當是他們祖孫兩最美好的時光。

「阿公，你手裡拿的是什麼？」高新澤比了比高傳繼的手。

高傳繼像是怕被發現似的，連忙將手裡的簿子給收到辦公桌的抽屜裡，還用鑰匙鎖了起來，這個動作更令高新澤心中懷疑的種子慢慢發芽。

「爸，我回來了。」

高傳繼抬頭望向門口，原來是高家排行最小的老么高文欣回來了。

高文欣自從結婚後就一直待在北部，在一所貴族學校裡當英文老師。

「文欣？你怎麼會現在回來？」高傳繼顯得很吃驚。

「爸，家裡發生這麼大的事，你怎麼都沒跟我說？」

高文欣放下行李，向前攙扶著老父親。

「咳咳！也沒什麼大事，路途一趟那麼遙遠，你怎麼會這個時候跑回來？」高傳繼勉強擠出笑容，意圖不讓高文欣發現自己心中的煩惱。

高文欣是高傳繼五個孩子裡最會撒嬌的小孩，也最得高傳繼的心，從小就當掌上明珠小心呵護。

「小姑姑。」高新澤禮貌性的對高文欣打了聲招呼。

高文欣連眼尾都沒掃過，擺明不想理會高新澤。高新澤從小就不懂為什麼高文欣老是用這種態度對待他，但礙於她是長輩的關係，也只能自己摸摸鼻子。

不一會兒，高文淵也進來了。

「文欣？」高文淵滿腦子疑惑為什麼高文欣會在這個時候出現在家裡？

「大哥。」

「妳怎麼會在這裡？」

「我這次回來是要替爸討回公道的。」

「討公道？討什麼公道？」

「你的事情我都聽三哥跟我說了，你什麼時候要把錢還給爸？」高文欣服侍老父親在躺椅上坐好。

「還錢？還什麼錢？爸根本都沒借我錢。」高文淵雙手一攤，擺出一副打死不認帳的表情，反正他也篤定高傳繼一定會替他掩飾。

高文欣看著高文淵這副表情簡直氣急敗壞「你想賴帳是不是？！」

「咳咳！別說了！別說了！咳咳！文淵根本沒有跟我借錢。咳咳咳！」高傳繼眼見兄妹倆又要吵起來，趕緊出聲阻止。原本身體就不太好的高傳繼，遇見這樣的情形，身體更是不堪負荷。

高新澤眼見高傳繼咳的越厲害，他就越擔心，但又不知道自己能做些什麼。只見高傳繼越咳越厲害，終於昏了過去。

「爸！」

「阿公！」

　　客廳裡三人見狀，連忙打電話叫救護車，順便通知其他兄弟姊妹，高新澤則是擔心得快要哭了，但是他知道他是高家目前唯一的命脈，他必須要堅強，不能哭。

六

　　到了醫院，高文淵著急地在急診室門口來回踱步，高文欣則是靠在急診室門邊，高新澤不發一語地坐著，其實心裡很忐忑不安，很擔心高傳繼的安危。

　　不久，高文立和龍鳳胎兄妹也都出現了。

　　高文立連忙上前詢問狀況：「到底怎麼回事？為什麼爸會突然送急診？」

　　「這要問大哥啊！」原本在急診室門邊的高文欣走到高文立面前。

　　「文欣？」後到的三個人異口同聲。

　　「妳怎麼會出現在這裡？」高文立問。

　　「要不是三哥打電話給我，我還不知道家裡發生這麼大的事。」高文欣雙手交叉抱胸，眼神犀利地望向高文淵。

這時醫師剛從急診室走出來，高文淵馬上抓緊醫生詢問情況，其他人也蜂擁而上。

「醫生，我爸爸的情況怎麼了？」

醫生不疾不徐地說：「剛剛替令尊做了一些檢查，腦部有輕微出血的狀況，需要馬上開刀做清除瘀血的手術。」

「那我爸會恢復到跟從前一樣嗎？」

「這個我不敢保證，要看病人的身體機能，加上令尊年紀也不小了，要完全復原的機率比較小。」

語畢，急診室醫生說要聯絡主治醫師開會討論手術細節便離開了。

高文淵此時還在震驚當中，他擔心的不是高傳繼能不能康復，而是他那筆可能無法償還的債務。

過沒多久，高傳繼被推進手術房，一群人在手術房外面等候，高新澤看著電視螢幕出現高傳繼的名字，他一直盯著看，心裡面一直祈禱手術能夠順利完成。

高文瀚目帶兇光的走到高文淵面前：「大哥，要是爸這次有什麼三長兩短，我一定不會放過你。」

「文翰，不要這樣，沒有人想要爸出事。」高文立出聲緩頰。

許久沒說話的高文雅也忍不住：「二哥，我很敬重你，平常爸也都是你在照顧，這點我們都對你心存感激，但是大哥的行為真是太超過了。」

「好了，文雅，現在不是追究誰的過錯的時候。」高文立實在不想再繼續這個話題，便示意大家先坐下，等待手術結束。

高新澤默不出聲，他彷彿在看著一場鬧劇似的，恨不得大吼叫他們通通閉嘴滾出醫院。

兩個小時後，醫生從手術房走出來，告知高家子孫手術結果不盡理想，要先在加護病房觀察一個禮拜再做評估，看腦部的瘀血可否自行吸收。

夜也深了，高文立勸說兄弟姊妹回家休息，才結束了漫長的一天。

七

高新澤離開醫院後並沒有先回家，而是回到高傳繼的家，環顧四周一片漆黑，打開客廳的燈，他想到原本這個時間應該坐在椅子上看電視的高傳繼卻只能躺在醫院，不禁紅了眼眶。

爺爺從小帶他到處遊玩，有什麼好吃的都會保留給他，在班上被同學欺負了還馬上帶著扁擔衝去學校找老師理論，不小心感冒了也不眠不休的陪伴在身旁，他無法想像失去最親愛的人是怎麼樣的感覺？

他不想再多待在沒有親愛的爺爺的空間，抹去眼角的淚水，關了燈，闔上門，準備騎腳踏車回家，這時口袋裡的手機響了，拿出來看，是葉鈞喬。

「喂？」

「喂？你在忙嗎？」葉鈞喬問。

「沒有。」

「那……你可以出來陪我一下嗎？」

高新澤其實沒有很想，今晚發生太多事情，他實在沒有多餘的心思去應付其他人。

「約哪？」但這是他心中的女神，所以不想拒絕。

「十五分鐘後，學校對面的公園。」

「好。」

高新澤騎著腳踏車往公園去，遠遠的就看見一個女生坐在盪鞦韆上，神情落寞，一眼就認出那是葉鈞喬。

他停好腳踏車走向前去，葉鈞喬也看見高新澤，但葉鈞喬並沒有主動打招呼，而是高新澤先說話：「你約我出來幹嘛？」

葉鈞喬先停頓了一會兒，抬頭望向高新澤，這才慢慢開口「喔……沒事，就想見見你。」

高新澤忍不住翻了個白眼。

「如果沒什麼事的話我要先回去了。」語畢，轉身便要離開。

葉鈞喬見狀，馬上從鞦韆上站起來，伸手抓住高新澤，語氣平穩地說：「我要離開了。」

高新澤轉身問：「離開？去哪？」

「我爸媽有申請美國的學校，要我去那邊讀書……」停了一會又繼續說：「可能以後都不會回來了。」

「為什麼這麼突然？」高新澤皺起眉頭。

「因為我爸媽覺得國外的教學環境比較好，而且可以多學英文……」

「妳想去嗎？」

「不想。」

「那就跟妳爸媽說妳不想去。」

「在這個家，任何事情從來不是我可以決定的。」葉鈞喬紅了眼眶。

高新澤見狀，伸手將葉鈞喬按在胸前。

「別哭。」

葉鈞喬被高新澤這個動作嚇傻，動也不敢動。高新澤自己也不知道哪裡來的勇氣做出這樣的舉動，只是他很享受現在這個狀態，彷彿全世界都靜止了，也可以讓他暫時忘卻今天所發生的事。

突然一陣手機鈴聲驚醒了沉醉的兩人,是葉鈞喬的手機。

「喂，爸，我出來買個東西，馬上就回去了。」

高新澤鬆開手，知道了葉鈞喬的意思。

葉鈞喬羞紅著臉說：「我要回去了。」

「嗯。」高新澤沒有多說什麼，只是默默地看著她。

互道再見後，高新澤騎著腳踏車回家，他一路想著剛剛的情景，如果當時葉鈞喬的手機沒有響，他接下來還會有什麼動作？他知道她一定有很多委屈，明明白天在學校的時候是一個

活潑可愛的女生，可是卻要承受家裡那麼大的壓力，他想不明白大人到底都在想什麼？

八

回到家後，一進客廳就看見高文瀚坐在沙發上，不發一語。

「爸。」簡單問候一聲，高新澤拿著書包便要上樓。

「你等等。」高文翰出聲叫住了高新澤。

「你剛剛去哪裡？」

「沒有去哪裡。」

「你是不是跟葉家的女兒在交往？」高文瀚語氣非常嚴肅。

高新澤聽到這樣的問話覺得很不可思議。

「沒有。」

「你不要忘了，當年葉家是怎麼欺騙我們高家的錢，你還要⋯⋯」

「爸！那已經是三十年前的事了，你現在跟我說這些幹嘛？」高新澤也耐不住性子。

　　高文瀚起身走到高新澤面前：「不管幾年前，事實就是事實，永遠也改變不了！」說完便轉頭進了房間。

　　高新澤實在受不了，為什麼大人總愛把以前的事一直記仇到現在，這樣的人生不累嗎？

　　正當高新澤要回房間時，家裡的電話響了。

　　「喂！新澤，你爸爸呢？」是高文立打來的，聲音很急促。

　　「我爸在房間。」

　　「你跟你爸說，你阿公現在身體出現了一些狀況，醫生要我們趕緊到醫院去。」

　　高新澤連忙掛了電話，通知高文瀚，又到高文雅家接上她跟高文欣兩姊妹，一路油門沒停過，狂奔到醫院。

　　到了加護病房門口，高文淵和高文立在和醫生講話，一行人連忙衝上前去了解情況。

　　「醫生，我爸怎麼樣了？」

　　「令尊現在的腦壓一直升高，我們正在想辦法讓他降下來，加上他本來就有點感冒，所以身體的狀況不是很穩定，處理得不好，會有生命危險。」

　　高文淵馬上抓著醫生不放，苦苦哀求：「醫生，請您一定要救救我爸，拜託！」

　　「會的，我們會盡力的。」

　　高家一行人都沒辦法接受這個事實，宛如晴天霹靂一般，高新澤更是難過到說不出話來。

　　經過了兩年，醫生總算是把高傳繼從鬼門關前拉了回來，只可惜剩半條命。就像活死人一般，不會說話，不會跟人互動，只是每天睜開眼睛吃飯，坐著，睡覺，以前在客廳不是看報紙就是看電視，現在的他只是抬頭望著上面的燈。

　　高新澤升了高三，還是一如往常的，放學後就回去探望高傳繼，至今他仍然無法接受他最心愛的爺爺會變成現在這副模樣，每天下課回去就會陪他說說話，即便高傳繼沒有回應，他也會告訴他今天在學校發生的事。

　　「新澤啊~你還是一樣孝順，沒有枉費爺爺這麼疼你。」高文立一邊餵高傳繼吃香蕉，一邊說。

　　「二伯，您也是一樣，這麼多年來，都是您陪在爺爺身邊，自從奶奶去世後，爺爺的身體也大不如前，還好有您在這裡看顧，才能讓大家放心。」

　　高文立深深嘆了口氣：「唉~我不算孝順，我一生未娶，已經讓你爺爺很失望了。」

　　「二伯，我知道您以前有個論及婚嫁的女朋友，為什麼後來沒有結婚？」

　　高文立很驚訝為何高新澤會知道這件事，正在攪拌香蕉泥的手停了下來。

　　「你聽誰說的？」

　　「我爸有一次跟我媽在客廳說話，我不小心聽到的。」

　　「天色暗了，天氣有點涼，麻煩你去房間拿件爺爺的外套好嗎？」高文立沒有回答高新澤的問題

　　高文立攪拌了一口香蕉泥，正送進高傳繼的嘴邊，突然一隻手抓住了高文立。高文立著實被嚇了一大跳，他望向高傳繼，發現他兩眼瞪大，嘴巴一直顫抖，像要說些什麼似的。

　　「爸！爸！」高文立放下手上的東西，拿起電話撥打119叫救護車。

　　高新澤聽到客廳的吵雜聲連忙從房間裡跑了出來。

　　「阿公！阿公！二伯，阿公怎麼了？」高新澤緊張地問。

「我也不知道，你爺爺突然眼睛瞪大，身體抽搐，我正在打電話叫救護車。」

約莫過了十分鐘，救護車來到高家門口，高文立與高新澤一起陪同前往。這是高新澤第一次坐上救護車，也異常的冷靜，他看著醫護人員替高傳繼戴上氧氣罩，測量血壓及心跳，耳邊傳來救護車的鳴笛聲，他突然覺得一切像是在做夢。

九

到了醫院，高文立連忙聯絡高家其它的兄弟姊妹，不一會兒一群人趕來了。

「文立，現在爸怎麼了？」高文淵抓緊高文立著急地問。

「我也不知道，現在醫生在裡面急救。」

高家一行人著急得像熱鍋上的螞蟻，高文淵和高文瀚一人一邊在急診室門口來回踱步，高文雅靜靜地念著佛號，高新澤則是默默地坐著，什麼也沒想，他也不知道此時此刻要怎麼辦，只能靜待消息。

醫生從急診室走了出來，臉色沉重的說：「很抱歉，令尊在到院前就沒了呼吸心跳，剛剛經過一番急救，還是沒辦法挽回，請你們節哀。」

「文立！你是怎麼顧的？！竟然會顧到讓爸過世？」高文淵走到高文立面前，一把抓起他的領子。

「我……」高文立話還沒說出口就被打斷。

「大伯，你不要罵二伯，當時我也在場，二伯很盡心盡力照顧阿公。」高新澤罕見發言。平常他是不願意淌這渾水，但他實在看不過去。

「新澤，沒你的事，你閉嘴！」高文瀚出聲制止高新澤繼續說下去。

「爸！」

「好了，剩下的事我們大人處理就好。」

高新澤知道自己沒立場說話，便先安靜。

「你先陪姑姑回去。」

高文雅哭喊著：「我不要！我不相信爸就這樣走了。」

「文雅，不要鬧了，我們都不希望這種事情發生，但它就是發生了，我們要學著去接受。」高文立果然還是這個家裡最理智的人。「妳等等記得通知文欣，請她回來一起處理爸的後事，畢竟爸生前除了新澤，最疼愛的人就是她了。」

高新澤陪著高文雅一起搭車回到高傳繼的家，走進客廳，他看見桌上還擺著高傳繼未吃完的香蕉泥，明明就還好好的，為什麼劇情突然急轉直下？

他慢慢意識到這個客廳再也不會有高傳繼的身影，不會有他們祖孫倆一起說說笑笑的畫面，不會再吃到高傳繼為他準備的食物，眼眶忍不住裝滿了淚水，一方面他很痛苦，因為失去了最親愛的家人，另一方面又替高傳繼覺得解脫，因為他再也不是一副只有軀殼沒有靈魂的人了。

高文雅走進高傳繼的房裡，準備他生前最愛穿的衣服。

客廳的門突然被打開：「爸！」是高文欣。

「小姑姑？」

「新澤，你爺爺呢？」

「爺爺……」高新澤難以開口。

高文欣氣急敗壞地問：「你爺爺呢？說啊！」

「爺爺在醫院……過世了……」

高文雅從房裡走了出來：「文欣，新澤說的是真的，爸真的丟下我們走了。」

「你在亂說什麼？我不相信！」說完，高文欣便衝出門，想要搭車前往醫院，就看見一台沒有鳴笛的救護車往高家的方向開。

高家三兄弟也開了車回來，從救護車上推下來的是一具冰冷的遺體。

「爸！爸！」高文欣抱著高傳繼的身體，聲嘶力竭地哭喊著。

經過兩個禮拜，喪禮結束了，真正的未爆彈正要爆發。

高家的人都在客廳裡「大哥，爸僅存的財產都分配完了，但據我所知，爸私底下幫你還了不少，這筆帳你要怎麼還給我們？」高文瀚率先出聲。

「爸幫我還了就是還了，你現在跟我講這些，是要忤逆爸的意思？」高文淵也不打算再隱瞞。「你跟文雅文欣都很會讀書，兩個國中老師，一個國小老師，你們的生活都很富足無憂，哪像我？我不會讀書，投資眼光也不好，但我最希望的就是可以給我的家人安穩的生活，我也不想搞到這樣。」

高文雅接著說：「先不說你股票投資賠了幾百萬，你還跟地下錢莊借錢，不要以為我們都不知道。」

「你們以為我想嗎？要不是爸一直不肯借錢給我，我需要去跟地下錢莊借嗎？更何況，爸也不是因為我的關係才過世的。」

高新澤在一旁再也聽不下去：「大伯，我知道你威脅爺爺，如果他不借錢給你，你就要把他隱瞞許久的祕密說出來。」

高家的人都瞬間睜大了眼睛，「你怎麼知道？」高文淵問道。

「那天你在爺爺房間裡說的話我都聽到了。」

高文雅驚訝地問：「大哥，你知道爸的什麼祕密？」

高文淵被高文雅問得一時說不出話來。

「我知道，我不是我爸親生的，而是爺爺在外面抱回來的。」

「新澤！你怎麼知道？」高文瀚被高新澤一番話震驚到。

「我也是最近才知道的，有一次我看見爺爺拿著一本簿子，當他看到我的時候卻很緊張地收起來，所以我偷偷拿了鑰匙開了抽屜，裡面是我的收養證明書」高新澤悠悠地說出這一切。「我也知道大伯的前妻就是二伯那個論及婚嫁的女友。」

「新澤，你這是又怎麼知道的？」高文立緊張的問。

「那個抽屜裡除了有我的收養證明，還有一張爺爺寫給二伯你的信。」高新澤指向辦公桌。

高文立走向前去，開了抽屜，果真有一封給他的信。

信裡寫道：

文立：

爸很對不起你，不應該拆散你跟婉涵，讓你大哥去耽誤了你們，可是當時爸爸別無選擇，那時候我們家裡經濟遇到了困難，婉涵的爸爸又屬意你大哥當他女婿，只有他們兩個結婚，家裡的經濟才可以維持下去。希望你可以原諒爸爸所犯下的過錯，導致你終生不娶。另外還有一封信是要給全家的，希望由你來唸給大家聽，我知道這些年辛苦你了，一直在我身邊照顧我，即使我拆散你的姻緣，你也對我無怨無悔，我能夠有你這麼好的兒子，我死而無憾了。

另一封信裡寫道：

文翰、文雅、文欣：

我知道你們對文淵有很多怨言，覺得他一直在揮霍，但畢竟你們都是我的孩子，我不可能撒手不管，看著文淵被錢追得

喘不過氣，我希望我走後，你們不要再跟文淵追討，那些都是我心甘情願給的，我知道你們都很孝順，但不希望你們兄弟姊妹為了錢而傷了和氣。另外，我知道新澤已經知道他是收養來的，這件事情只有文淵和文翰知道，目的就是要保護新澤，可以讓他快樂地長大，他從小就被拋棄，失去了家庭，我希望在這裡他可以感受到我們高家人的溫暖，爸希望你們可以回復到以前兄友弟恭的樣子，而不是只有錢。關於財產的部分，我已經交代給律師了，也請文立幫我執行，爸老了，哪一天要走都不知道，希望你們的生活都可以無後顧之憂。

高文立念完，屋裡沒有一點聲音，他們一一回想起以前和樂的樣子，只是不知從何時，大家變得無話可說，惡言相向，紛紛覺得對不起對他們這麼用心的高傳繼。

高新澤默默走出門，騎著腳踏車到門口商店，買了一瓶汽水，打開瓶蓋消氣的聲音就如同他心中的大石，完全卸下了。

結尾

高新澤升上了大二，加入最喜歡的熱舞社，還當上了社長。結束社團，正要騎摩托車回宿舍，手機響了。

「喂？」

「喂，是我。」

高新澤覺得這聲音很熟悉，卻又一時想不起來。

「你是？」

「葉鈞喬。」

「葉葉葉……葉鈞喬。」高文立嚇得結巴。

對方傳來一聲「噗哧」的笑聲。

「你在哪裡？我回來了。」

「我我我……我在學校啊~」高新澤不知怎麼覺得自己很緊張。

「我什麼我啊？我認識的高新澤什麼時候會結巴了？」

「我沒有結巴啦~你回來囉？那要約見面嗎？」

「嗯……好啊……晚上七點，老地方見。」說完葉鈞喬便掛上電話了。

晚上七點不到，高新澤提早出現在之前高中對面的公園，而葉鈞喬也出現了，穿著小碎花洋裙，看起來特別有朝氣，果然還是跟她高中時一樣，只是又多了一種成熟的氣味。

一見面，兩人不說一語，很有默契地靜靜坐在盪鞦韆下，靜靜地欣賞月光。

派遣天師

作者：曼殊

（一）

夜晚最後一班列車往西半部飛馳而去，窗外一片黑暗伴著忽遠忽近的一點燈光，藍羨雲半瞇著眼，思緒似乎在神遊方外，飛到青藏高原去了。

行李箱內只有四套換洗衣物，二套夏裝，二套冬裝，二雙鞋子，接到這件案子的第三天，她依案主要求，立即動身，前往西部的北斗鎮工作，她的職務就是家庭教師，案主的女兒，今年十四歲，父親過度保護，不讓她上學，只好請私塾教導。

案主曾說過：「不要讓女兒受學校教育的荼毒，那些教材據他的了解，全部編得亂七八糟，強迫國中學生，唸這些太難了，每次考試成績出來，排名傷及她的自尊心，導致她不肯上學。」

「妳就負責啟發她的學習心就好，不要讓她什麼都沒興趣，成天只知道逗小白兔。」案主最後提到的這段話，在藍羨雲的腦海裡盤旋。

藍羨雲一路思考著，那就從小女孩最有興趣的方向下手吧！何必剝奪小孩的嗜好呢？逗小白兔也沒什麼不好，何必用大人的眼光來限制小孩的發展，這樣豈非太主觀了呢！

　　抵達北斗鎮時，已經半夜二點半了，她朝一輛停在車站前的黑色 BMW 走去，司機打開車門問：「藍小姐嗎？」

　　她點了點頭，坐上車，小鎮幾乎進入睡眠狀態，車子在黑夜中疾馳前往。

　　案主還沒睡，他注視著藍羨雲一會兒後說：「藍小姐，妳明天休息一天，簡單認識一下環境後，後天開始帶我女兒唸書，陪她玩，陪她說話，如果她有什麼異常的地方，隨時向我報告。」

　　案主大約五十歲年紀上下，看起來精瘦能幹的樣子，不知怎的，藍羨雲覺得她會是一位挑剔的老闆，在這工作肯定不太輕鬆，她立刻抖擻精神，彷彿進入備戰狀態般。

　　這間房子佔地約有二千坪之大，前後庭園種了不少花草樹木，羅漢松、紫薇花、茄冬樹，夾著百日紅和一些薰衣草，看起來十分繽紛熱鬧。

　　仿南法莊園感的建築，外觀是磚紅色為主，配上大片木頭門，二樓以上全是落地玻璃窗，她的房間在後院，無法看到大門前的景緻，後院的百年榕樹下，有一座戶外涼亭，種著梔子花和櫻花。

　　一早她在管家阿蘭帶領下，參觀了庭院，中午用完飯，她回到房間，在筆記本上記下管家告誡她的重點：「絕對不能去

地下室哦！那裡放著老爺重要的物品，不能讓人隨便進去，妳的活動範圍就是飯廳、客廳、自己的房間、教師室、戶外庭院。」

藍羨雲回想起地下室前上鎖的鐵門，有股陰森森的感覺，令她十分不舒服，她的直覺告訴她，裡面似乎埋藏著什麼見不得人的東西，而她的直覺向來十分準確。

「什麼人！」她大喊一聲，玻璃門前忽然閃過一道黑影，她跑到房門外，只見一團小小的白影，消失在樓梯轉角處。

（二）

她跑到樓梯邊，下到一樓大廳，沒看到什麼人，正打算回房時，見庭園內花草樹木可愛，踏在石子步道上，走了一會兒，竟在屋後一角發現一處小小的射箭場，只見一男子持弓箭，專心瞄準箭靶，忽地「咻」一聲，手中的飛箭朝前飛去，「咚」的一聲箭正中紅心。

藍羨雲忍不住輕呼了一聲：「好厲害！」

那名持弓箭的男子，轉身過來，瞪了她一眼，什麼都沒說，又繼續練箭。

藍羨雲也立即識相地閉嘴，走到老榕樹下的座椅上，坐了一會兒，覺得沒什麼事，吹了一點風，又回到房裡去，整理行李。

忽然手機響了，電話那頭傳來管家阿蘭的聲音，要她下午二點到教師室，阿蘭告訴她：「小姐吵著要見妳呢！」

「我也想早點見到學生，反正沒事做也很無聊。下午見。」

教室在一樓大廳旁邊，裡面有一黑板、玩具積木、電腦、大桌椅、一排書櫃，書櫃上的書，大部份都是課外讀物，像小婦人、湯姆歷險記、少年阿默的秘密日記、哈利波特等暢銷小說。

那名小女生坐在電腦桌前，正在打電動，藍羨雲看了一下，那是魔術方塊遊戲，室內空氣有點悶，藍羨雲發現窗戶緊閉，她走到窗前打開窗戶，外面是後院，可以看到白色涼亭。

她一回身，發現那名小女生正偷偷瞧著她，她笑了一下說：「妳不是吵著要見我嗎？我叫藍羨雲，是妳的家教，希望我們相處愉快，妳有什麼話都可以跟我說，好嗎？」

「妳好，我叫陳美禮，今年十四歲，喜歡一個人發呆，有時候我會想到哈利波特的魔法學院去學法術，老師妳會法術嗎？我想學法術！」陳美禮瞪大眼睛，直望著她的臉。

藍羨雲想了一下說：「中國人也有法術，像孫悟空七十二變，西遊記看過了嗎？」

「還沒有，孫悟空和哈利波特誰厲害呢？」陳美禮又繼續追問。

藍羨雲發現陳美禮的性格比較中性，不太像女生喜歡洋娃娃或者公主那樣的夢幻氣質，她在書架上發現了童話西遊記，遞給她說：「這本書妳這禮拜可以看完嗎？看完之後，妳才能分出誰比較厲害！」

陳美禮聽完，拿著故事書，一邊吃餅乾，坐在書桌上，翻看著西遊記。

陳美禮的父親此時站在教室門口，將這一幕看在眼裡，他朝藍羨雲揮手，示意她過來，藍羨雲走到他面前問：「什麼事呢？」

陳振賢請她到大廳的沙發坐下說：「除了管家阿蘭之外，我還請了一位保鑣，叫白無心，屋內就這兩個人而已，我希望你們各自做好自己的工作，沒事時少聊天不要多話，知道嗎？」

「知道，我會記住你的指示。」藍羨雲機械似地回答，此時突然一陣奇怪的味道飄散在空氣中，似乎像悶香又混著些人體味道，吸起來份外令人覺得沉重起來。

那股令陳振賢無能為力擺脫的味道，令他急忙想去沖洗掉，他接著說：「妳可以回到教室去了。我平常工作較忙，無法專心照顧女兒，才會請妳來幫忙。」

「我曉得了。」講到女兒時，藍羨雲發現陳振賢眼中閃過一絲慈愛眼神，但瞬間又被慣常的嚴厲神情取代了。

回到教室，她發現學生不見了，桌上放著西遊記，好像沒有引起她的興趣，她只好在屋子內四處找尋。

（三）

空蕩蕩的房子，二層樓大約有七八間房，一樓是陳振賢和她女兒的房間，二樓是她的房間，阿蘭和保鏢的房間卻不知在哪裡呢？她邊想著，邊走到一間外面放著拖鞋櫃的房門前，裡面傳來「砰砰」的聲音，房門沒鎖，她推開門進去。

二位戴著頭盔，身穿武士服，一大一小的身形持木劍在對打著，地板鋪上日式榻榻米，天花板上還懸掛著兩袋沙包，屋內約十多坪大。

陳美禮見她走來時，一分心竟讓對方將木劍撥落掉地，那位大人告訴她：「要專心面對敵人，不能分心。」

陳美禮拉下面具，吐了吐舌頭，跑到藍羨雲面前：「老師，我想玩劍術，白叔叔很厲害哦！我想跟他學劍。」

藍羨雲望著戴面具的男子，立即曉得他是陳振賢的保鑣白無心。

「你好，我是家教藍羨雲，不知道小姐也學武呢！」

白無心依舊戴著面具，告訴藍羨雲說：「美禮想學什麼就學什麼，現在這時間是小姐學武的時候，妳走錯教室了！」

陳美禮持起竹劍，又開始和白無心一來一往的對打起來。

白無心就是在院子射箭的那名男子吧！每回見到他，他都十分冷淡的樣子，她只好回到教室內，順便檢查有什麼教材可以運用，一邊趁四下無人時，盤腿坐在沙發上，想感應看看這間屋子有什麼值得注意的地方。

藍羨雲閉眼深呼吸，立即進入冥思狀態，她看見一團白霧盤繞在陳振賢的屋子周圍，這團白霧似有若無的在整間屋子內飄散著，一直到地下室白霧竟又染上一層紅光，正當她想再看清楚些時，忽然出現一聲鈴鐺聲，悅耳又懾人心魂似地朝她的頭頂上罩下來，鈴鐺聲突地變成像撞鐘聲一樣大，震得她耳朵幾乎快聾了，她立即睜開眼，背脊直冒冷汗。

藍羨雲心頭亂噗噗地直跳著，勉強收斂心神之後，她站起身來，又好像聞到那股奇怪的悶香味，真有點邪門！

她回到房間內，脫下外衣，內衣裡穿著一件八卦做成的法衣，上面畫有護身符，可以保護她不受邪祟入侵，只有洗澡時才沒穿在身，不過她十分謹慎，必要時只簡單擦一下澡而已。

接下這項任務前，她早已預知到，恐怕這份工作超乎尋常，也許會有什麼危險發生呢！晚上她想趁機到宅內勘察看看，或許能發現什麼線索也不一定。

與其等待危險發生，不如先發制人，了解愈多愈有勝算。

（四）

半夜三點是人們最容易防備鬆懈的時刻，這時間連守衛人員都可能偷偷打盹，偷竊兇殺的最佳時間點。

藍羨雲穿著一身黑衣，貼著牆壁，悄悄走到一樓大廳，靠近最東邊的屋子，那裡有一間儲藏室，這間屋子藍羨雲也發現了團團白霧籠罩著，而這間屋子是最容易勘察的點。

儲藏室門鎖著，她從窗戶爬進去，四周很暗，她打開手電筒，在牆壁和地板上到處敲敲打打，也許會發現什麼暗室或密道也不一定，這間小屋一定有通往其它地方的可能。

　　屋內雖然雜七雜八的放著一堆東西，但如果是有機關的地方，一定會特別乾淨，或者印痕抹痕比較多一些，藍羨雲看著屋內僅有的兩個櫃子，打開其中一個櫃子查看，裡面是一些沒用的舊花盆和鏟子鐮刀之類的工具，另一個櫃子卻顯得比較乾淨，她想打開櫃子，卻發現鎖住了，無法打開。

　　她拿手電筒在櫃子上下左右仔細照了一會兒，沒發現什麼線索，她靈機一動試著移開櫃子，櫃子卻比她想得還要輕些，她抬起櫃子往後方一推，突然後面的牆壁裂開一道縫隙，原來是一道仿石磚的木門，藍羨雲又將櫃子往前一拉，木門又關上了。

　　那麼這道木門是通往地下室嗎？一般為了安全起見，地下室密道不會設計成只有一道出口，必然會有另一個出口，那麼這間儲藏室就是地下道的另一個出口，也許還有好幾個出口也不一定，地下室也有可能設計成迷宮的樣式。

　　原本想下去瞧一瞧，但隨即打消念頭，找密室已花了太多時間，待會兒天亮了行動不便，還是改天再來探索一番，比較妥當。

　　她離開儲藏室，要回到屋內時，發現廚房的門已經被鎖上了，糟糕！她心想這下子無法回屋了，怎麼辦呢？

　　就在她徬徨無助之時，突然發現庭園內有一人正朝她走來，她想閃躲，不過恐怕已經有點來不及了，只好坦然面對。

　　高大的身影出現在藍羨雲面前時，藍羨雲裝作正在運動，伸展四肢，並朝對方打招呼：「我睡不著，起來到處走走，沒想到屋子門鎖上了，被關在外面。」

　　「白痴，屋子門怎麼可能鎖上呢？」白無心瞪了她一眼，往前打開廚房邊門，結果門竟被他一推就開了。

　　「咦！奇怪了，我剛怎麼推不開呢？」藍羨雲丈二金剛摸不著腦。

　　「妳該不會作了什麼虧心事，心虛吧！」白無心不知是有心還是無意的說著。

　　「我才沒有呢！」藍羨雲故作鎮靜地回答著。

　　「那你自己怎麼不睡，三更半夜在院子裡幹嘛呢？」

　　「我的工作之一啊！半夜三更必需起床巡視一番才行，以後沒事少在外面晃蕩，睡不著就待在屋內，下次再讓我碰到，可沒這麼好說話了。」

　　「幹嘛，難不成把我當賊嗎？」

　　「總之妳的行為容易讓人起疑心。」

這下糟了，以後想要半夜行動勘察，恐怕困難度要加深了，藍羨雲回到屋內後，仔細思索著這問題，發現了這處密道，也算是一大收獲，來日方長，只好再找機會探查。

（五）

「妳不是想學法術嗎？老師今天就教妳一堂紫微斗數入門，這雖然不算是法術，不過卻可以幫助妳了解別人，了解自己的性格和潛能，以及容易碰到什麼問題。」藍羨雲在電腦前，排出一張紫微斗數的命盤。

「好比西洋人有十二星座，中國人也有紫微星座，妳知道自己的紫微斗數主星是什麼嗎？」藍羨雲又將西洋和中國人的命理做一番對比。

「我是天秤座。」美禮立即回答，接著又說：「但我不知道什麼是紫微斗數，中國星座是什麼呢？」

「每個人出生的時刻，與天上的日月星辰相對應，所以每個人都有一張獨一無二的命盤，像妳就屬於開創型的人格，紫微主星是七殺星。」

「老師那妳是什麼星座呢？」陳美禮睜著大眼問。

「老師的命宮沒有主星，借對宮遷移宮的主星是廉貞貪狼星，老師適合到處兼差打工，不適合安穩待在一個地方工作和生活，這也是命盤告訴我的，老師也比較喜歡這樣生活。」

「妳的命盤指示，妳也不屬於安穩一份工作的人，可以多嘗試開創自己人生。」

「那白叔叔的星座是什麼呢？」

「他應該是廉貞天府星，管理和開創合在一起的人才，因為天府星的關係，相較之下，生活會較安穩些。」

「妳怎麼知道呢？」背後突然傳來這聲音時，她們兩人都嚇了一跳。

藍羨雲突然不知怎麼解釋？只好胡謅說：「我猜的啦！我的感覺一向很準。」

「那我猜妳大概有點像女巫，也許妳有什麼特異功能也說不定呢！」白無心突然很特別的看了她一眼。

「哈哈！你想太多了，我只是曾學過一點卜卦算命而已，如果還會唱歌跳舞的話，就可以賣藝走江湖了。」藍羨雲打哈哈地說著。

陳美禮見他們兩個在聊天，溜到一旁逗小白兔玩。

白無心向藍羡雲說：「打擾你們上課了，你們繼續吧！」

「美禮比較適合無拘束的學習環境，一下講太多，她會沒耐心，待會兒我會再陪她看書，現在讓她休息一下下。」

忽然她記起了老爺交待他們少聊天，不過，她不打算如此聽話，既然碰到白無心，不如趁機打聽看看地下室的事。

「白保鏢，我前幾天經過地下室時，竟然聽見裡面傳來貓叫聲，那裡有養貓嗎？」藍羡雲藉機問道。

「據我所知地下室應該沒養貓吧！我怎麼從沒聽過貓叫呢？」

「我聽那貓叫得好可憐，好像被虐待一樣，不過卻沒辦法進去，只好任由牠在那哀嚎，你又從沒去過地下室，怎麼知道裡面沒養貓呢！」

「我……，我也是剛來不久，地下室我也沒去過。」

「你也是派遣員工嗎？」藍羡雲問。

「我是保鑣工會的會員，自己接案子找雇主。」白無心又朝她望了一眼後說。

白無心身形挺拔，方正堅毅的下巴，流露出剛硬的神情，偶爾流露出抑鬱的氣質。

原本想從白無心這裡得到些地下室的消息，看來是沒指望了，原來他也是菜鳥一枚。

顯然可見的一點是，陳振賢最近又換了新員工，他們兩個都是新人。

（六）

管家阿蘭幾乎不太說話，司機也是派遣員工，自從那夜載她來到陳家的宅第之後，也沒有再出現過。

忽然她想到，陳振賢沒事雇保鏢做什麼呢？除非他曾遇到過什麼危險，如果曾發生過什麼重要事情，也許會留下新聞報導事件，她上網查詢跟陳振賢有關的訊息。

網站資料顯示三年前一則新聞：

「位於北斗鎮的富紳陳振賢家中，半夜地下室火警，導致一名員工因火災來不及逃亡，吸入過多一氧化碳送進醫院後不治身亡，據了解該名員工擔任家教，由中部前來北斗鎮工作，地下室據說放有陳家很多珍貴寶物，據陳振賢表示，該名家教因財務狀況不佳，才興起偷竊念頭，在她的房間內也找到陳家申報失竊的珍稀翡翠古董手環項鍊，價值近數百萬元，至於陳家地下室著火原因，警方正深入調查當中。」

這起火災很可疑，為何家教會偷東西呢？會不會是故意嫁禍給她呢？但陳家和員工之間有什麼仇恨呢？不然為何要指控對方偷東西呢？如果是寶物應該放保險箱才安全，為何會放在地下室呢？

藍羨雲想不出頭緒來，如果到地下室探查一番，比較能了解真相，趁中午休息時間，藍羨雲走到東邊放工具的儲藏室，搬動櫃子，木門嘩地朝旁邊打開，現出一道窄小的樓梯。

沿著樓梯往下走，向左和向右各有一條路，藍羨雲看向右的方位像是通往陳振賢房間的地下室方位，她向右走了幾公尺左右，就發現一個門，可是門上鎖了，無法進去，此外就是一面牆壁，她用力轉動把手，想再試試看，發現門把竟被她扭開了。

進到另一個空間，裡面是一間佛堂，不過佛像卻是黑色的，看起來有點詭異，神桌上竟放了三十多個金元寶，藍羨雲拿起一個金元寶，沈甸甸的大約有半斤重呢！

木質地板上放著幾個拜墊，佛像後面有一黑色大布簾，她掀起簾子往後一瞧，忍不住一驚大叫了聲：「啊！」

隨即引起別人的注意，頭頂上方傳來：「什麼人？」

完了！是陳振賢的聲音，藍羨雲想要躲到那裡去呢？只好先鑽進神桌底下。

一陣腳步聲從遠而近響起，有人打開禮拜室的門，四處查看，又掀起神桌後的黑簾子，沒發現什麼異常，突然想再拉開神桌下的布簾時，門後突然傳來：「老爺，有你的電話，寂空法師找你。」管家阿蘭在那裡呼喚著陳振賢。

陳振賢聽到叫喚聲，只好回身走到樓上，藍羨雲聽到他將門帶上的聲音後，才鑽出神桌下。

她立即快步奔往走道口，一口氣跑回儲藏室。

（七）

還好沒被人發現，回到房間的藍羨雲，想起黑簾子後面，竟然放著一副棺材，裡面還有一具白骨，上面堆滿珠寶翡翠飾品。

不知道死者是誰呢？

據她所知，有些古老的祭祀是拜逝去親人的白骨，祈求亡靈保佑在世親人長保富貴平安，就像供奉祖先牌位一樣，還有拜棺材可以升官發財的說法。

那團白霧應該是從棺材裡面散發出來的，亡靈的魂魄還留在人世間飄蕩，慢慢地她回想起，白骨身上好像還纏著紅絲線，一般綁紅線還會跟某人有牽連。

她查了一下陳振賢的背景，發現他原是名洗隧道的工人，沒有顯赫家世背景，卻因為一宗意外事件小手指頭斷了，獲得高達一千萬的保險理賠金，他拿著理賠金投入股市，買了一間未上市公司的股票，三年後公司順利上市，手中的財富瞬間增長到上億元，他拿著錢投資房地產，房地產又賺錢，可說一路順風順水的發財下去，接下來又成為慈善機構的理事會成員，北斗鎮上的一間昭和寺據說也是他投資興建的，他把一部份錢放在國營事業的股票上，每年光股利就很可觀，名下房地產很多，租金收入足夠他揮霍的生活了。

過幾天她藉口初一想到寺廟拜拜祈福，帶著陳美禮一起去參觀昭和寺。

白磚混合木造的昭和寺，正門有些象徵宗教的廊柱和牌樓，其餘地方比較像傳統閩南式的房子，寺廟四周擺滿了松柏和九重葛盆栽。

據說昭和寺收養了二十多位孤兒，美禮帶了一大旅行箱的禮物和糖果餅乾，就是要送給孤兒吃喝玩樂用。

昭和寺出家僧人約有七八位，住持法師叫寂空，寺內供奉觀世音菩薩，同時還設天上聖母、月下老人、文昌帝君神像，可說是一間佛道教混合的寺廟。

莊嚴優美的誦經聲傳遍整個寺院，美禮跑去找小朋友玩，藍羨雲在門口向小販買了二盤蘭花，雙手合十向佛像禮敬，走到神桌上放鮮花，卻發現佛像腳上纏著一條紅絲線。

誦經聲忽然在這時停止，法師搖著輕脆的鈴聲，藍羨雲回轉身，與一位臉面方圓白皙，斜披紅袈裟的法師打了個照面，那位法師雙眼正炯炯有神地盯著她。

瞧他的衣著應該是地位較高的出家人，也許是住持法師也不一定呢！突然她看見那位法師的脖子上掛著一條紅線綁成的佛像項鍊，走過他身邊時，濃厚的檀香味道飄散著。

這味道令藍羨雲想起了那天陳振賢身上的味道，看來這條紅線，纏著很多人的樣子。

藍羨雲今天有不虛此行的感覺。

（八）

回到陳家宅第之後，藍羨雲想昭和寺的法師和陳振賢地下室的秘密祭拜堂一定有關係，至於這種祭拜方式是不是有違法

之處，則必須進一步調查，如果涉嫌違法，那麼就會令她捲入危險之境地。

藍羨雲想過，不如趁早離職走人，關於那些紅線白骨就不要再追究了，免得惹上不必要的麻煩。

但另一方面，她心裡又有一番打算，認為遇事退縮不是辦法，不如就直搗黃龍，查個水落石出才算痛快，不然這謎團肯定會一輩子糾纏著她。

她下意識地走到地下室門口，想看看是否有異樣，卻沒想到地下室門，竟然沒有上鎖，還一反常態的亮著燈光，她順著樓梯往下走，發現這間地下室比儲藏室那裡的通道還要複雜，總共有東西南北四個方向，原來可能有四個出口呢,一處是儲藏室，一處應該是正中央陳振賢的房間，另外一處可能是花園東西兩邊，也許在前院或後院各一處，設計師大概都是這樣設計的吧！

那麼她該往那個方向走呢？不如今天就往鎮上的方向，西邊走走，也許會碰到另一個出口。

她摸黑朝西邊走道走著，發現這裡只是一處黑暗的走道，沒有再發現什麼秘室，突然不小心撞到牆壁了，原來已經走到底了，這裡不應該沒有出口啊！她在牆壁上找尋開關，在頭頂

的地方摸到一處略為突出的磚塊，將磚塊朝左右兩邊移動，磚塊卻紋風不動，她又試著將磚塊朝下方轉開，突然地前方牆壁開了。

前方有一團亮光，似乎是出口的方向，她迅速地往前走，正當要抵達出口時，半路突然衝出一個人影擋住了她的出路。

「藍老師，妳未免太不守規矩了，既然如此，我們只好提前下手了。」沒想到陳振賢出現在這裡，她想往回跑時，後方竟出現一位穿法衣戴面具的人，將她圍住。

一股非常薰人的悶香竄至她的鼻內，才一會兒工夫，藍羨雲就失去了知覺。

陳振賢和法師將藍羨雲移到祭拜堂的地板上，陳振賢一方面到藍羨雲房間將她的隨身行李物品都整理好，隨即指派一位長相和身形都與她相似的女子，請她拿著藍羨雲的行李到車站搭火車，火車目的地是藍羨雲住的北部地區。

陳振賢趁著中午吃飯時間，特地找來白無心跟管家一起吃飯，他說：「今天雖然不是初一，但我想吃頓素飯菜，你們就陪我吃素吧！還有一件事要告訴你們，藍老師因為家中有事，臨時決定請辭，昨晚提早離開北斗鎮，回家去了。」

「爸爸，藍老師怎麼沒告訴我呢！」美禮抗議著。

「小禮，藍老師突然決定回去，我也沒辦法挽留她，有空時，再請她來我們家玩。」陳振賢安撫女兒說：「看樣子，暫時放牛吃草，妳也不必上什麼課了，不好嗎？」

「藍老師只會陪我玩，不太像在上課，我希望她可以一直當我老師。」美禮突然不捨地說著。

「下次爸爸再找一個像藍老師一樣的老師給妳，好不好。」

「不要，我要藍老師再回來教我。」美禮說完，什麼都沒吃，就離開飯廳了。

（九）

白無心雖然平常負責陳振賢的安全，他發現老闆每個月去銀行時都會提領一大筆錢，而他負責將錢護送到昭和寺，來到這裡三個月，幾乎每個月初五左右就會需要領錢護送。

陳振賢也參加商會組織，成員都是公司老闆，每回都在市區的俱樂部內開會用餐，這時候白無心就站在陳振賢右側身後。

白無心雖然是保鏢，碰到比較沒事時，他也會幫忙整理庭園，除草施肥。

　　這天他在附近掃落葉，一邊想著和人對打，使出武功招術，卻因力道過猛，掃帚打在一塊石頭上，不料那塊石頭卻被他的掃把打得歪了一邊，露出一個洞來。

　　他原本想將石頭再搬回去，但隨身帶的手機卻滑了出來，不小心掉進了洞裡，這下他只好跳進洞裡，撿起手機後，他想不如到裡面看看有什麼異常，注意環境安危也是他的職責。

　　走進散發著潮濕發霉的走道，洞口的一點亮光，隨著他愈走愈接近屋子的方向而逐漸變得黑暗，直走了大約五分鐘左右，白無心發現前面被一道牆擋住，他朝牆壁推，發現是一旋轉門，進入門後，一盞燈光掛在牆壁上，他又往前走幾步，又出現一道門，他用力推，不過門卻不動，原本想放棄，轉回去時，門後卻傳來一陣敲打聲，還有一股奇怪的味道飄出來。

　　既然聞得到味道，表示這門應該是有縫隙，白無心想依照他從花園東邊走來的方位和腳程計算，這密室大約位於屋子內的中央位置，應該和那間經常上鎖的地下室相通連。

　　陳振賢有拜拜習慣，這點白無心也知道，尤其他和昭和寺法師會見時，都會密談很久，出來時兩人身上都散發著很濃的檀香味。

　　今天該不會在進行什麼法會吧！

正當他想往回走時，突然門後傳來一聲「救命啊！救命啊！」

「誰在喊救命？」白無心敲敲牆壁問。

過了一會兒，門後傳來也有人拍打的聲音，似乎在回應他。

「救命啊！我是藍羨雲，我被關在地下室的密室內。」藍羨雲不知昏睡了多久，醒來後發現自己躺在那間祭拜堂內，四周到處找不到出口。

明知道希望渺茫，她還是不想放棄求生的希望，又喊了「救命！救命！」。

當聽到門後傳來有人敲打的聲音時，她立即往那東邊的牆壁搥敲著，她說：「我是藍羨雲，快救我！」

白無心這下聽明白了，原來藍老師根本沒有離開陳宅，陳振賢把她關在這裡做什麼呢？

他要怎麼進到地下室內把人救出來呢？

（十）

白無心快速離開黑暗的走道，庭院那塊假石頭又被他移回原處，他回到屋內發現陳振賢正待在屋內，地下室還是像往常

那樣關著門，不過白無心卻大膽地走到門前，拿出一條鐵線，往鎖洞內撥弄著，過一會兒，門鎖開了。

他又發了一則密訊給工會組織理事，告訴對方，他工作正碰到危險，地點在北斗鎮陳家，如果後續無法聯絡到他，表示任務失敗，務必將這封密訊內容交給警方，協助調查。

從事他們這一行，碰到的危險較高，所以白無心很早就準備了這種密訊，而且工會也有協助他們脫困的組織人員。

很快地他就發現了這間秘密禮拜室，他進入時，藍羨雲正在解開白骨身上的紅絲帶，所以沒看到白無心進來，白無心聽見黑簾子後面有聲音，掀開簾子後，瞧見藍羨雲人還安好，放了一點心：「藍老師，快走。」

「等一下，我把這詭異的紅線解開再說，剩一點點，這魂魄很可憐，被天羅地網困住了不知多久。」

「死人骨頭有什麼好可憐的，妳再不走，萬一又被關起來就完了。」白無心立即往前拉著藍羨雲，快速往地下室門口走去。

陳振賢發覺有異樣，從房間內的地下室探查時，兩人早已離開了祭拜堂，當他發現白骨身上扯得亂七八糟的紅絲帶時，

忽然冷笑了一聲，冷笑之後，又轉成哭喪的臉：「原來好運也是有盡頭的，這回我碰到麻煩事了。」

藍羨雲和白無心先逃到鎮上，藍羨雲想報警，白無心卻說：「警察只會做筆錄，第一時間找不到什麼證據，一定會要妳向陳家提告，再來走法律程序，而且陳振賢如果不承認，反而指稱妳說謊呢？」

「有道理，那我就當沒這回事嗎？還是必須向警方報備才行。」

警察聽了敘述之後，帶著懷疑的神情說：「陳家的事，我們會密切注意，至於你說的白骨和祭拜堂，等我們去現場查探就知道了。」

警察和他們兩人搭著警車到達陳宅，陳振賢裝做什麼都不知道說：「藍老師妳不是回北部了嗎？怎麼又回來了呢？白保鏢我到處找不到你，你們兩人怎麼會在一起呢？」

警察說：「陳先生，藍小姐說在這裡工作，看見地下室有一副放白骨的棺材，可以讓我們看看嗎？死者是你什麼人呢？為何沒有安葬死人呢？」

「警察先生，你可不要冤枉我呀！哪有什麼死人白骨，不相信的話，你們可以去看看啊！」

地下室顯然已經重新整理過了，黑簾子拉開後，只見棺材內放著珠寶翡翠，神像神桌前的金元寶仍在，唯獨不見那副白骨！

接著陳振賢向警察說：「藍小姐前二天說家中有事要回北部去，沒想到竟和我的保鏢私奔呢！他們兩人在這工作時就經常眉來眼去了，現在竟然反過來誣陷我藏著白骨？」

「就算我真的有收藏骨頭的嗜好，難不成有犯法嗎？像舍利子還不就是人死後骨頭燒成的嗎？」

警察做了筆錄後，告訴他們說：「你們有什麼糾紛自己找律師提告解決。」

（十一）

白無心告訴藍羨雲說：「刑事案件通常都必需等待出事時，才能提告，但當出事時，人大半都死了，現在證據不足，陳振賢幾乎可說沒犯什麼法！很多刑事案件根本偵破不了，尤其死亡時間過久，真相永遠撲朔迷離，也許還偵察錯誤呢！」

藍羨雲說：「人世間的法律只規範在世的人，的確拜死人骨頭的人很多，像我們拜祖先牌位，像有人拜舍利子，有人拜聖人遺骸！」

「拜這些不是很正常嗎？大部份人都會向有法力和靈力的東西祈求什麼，就像我們向有能力的人請教事情一樣。」白無心說。

「拜這些當然比較正常，但古老還流傳下來一種秘密儀式，人死後七七四十九天之內，如果進行一種宗教祭典，可以讓亡者魂魄留在世間，再加上活人血祭的話，幾乎可以得到人世間的榮華富貴，陳振賢應該就是用這種方式求財，才會投資什麼都賺錢。」藍羨雲分析著說。

「頭蓋骨上用紅線纏成五芒星的符號，代表這種邪教組織，仍然秘密存在於世，我將紅線扯掉，也干擾了他們，這副白骨可能從此就失效了。」藍羨雲仍自顧自地說著

「妳怎麼知道呢？」白無心望著她略帶血絲的眼睛說。

「世上玄妙的事很多，我說過我的直覺感應一向很準，大概是天生的吧！有些靈異的事，我不必學，自然就會知道，你說奇怪嗎？」

「那妳還當老師幹嘛，不如開個祭壇當法師！」

「算了，我還是當個遊走江湖的小老師，表面上教個天文地理，私底下就來點陽奉陰違的通靈天師。」

「那接下來，妳要去哪裡呢？」白無心問。

「就像一片雲那樣，哪裡有工作就往哪裡去，你問我，我也不知道呢？」

「那我們就此別過嗎？」

「不然呢！你想和我結伴同行嗎？」藍羨雲笑著問。

「這……，我們領域不同，就此分離吧！也許將來還有相見的一天。」白無心也瀟灑地向她道別。

「我是一片雲，偶爾投影在你波心，你無需訝異，無需歡喜，轉瞬間消滅了踪影。」藍羨雲忽然唸起了徐志摩《偶然》中經典的詩句來。

浮雲一別後，流水十年間，揮揮衣袖，不帶走一片雲彩。沒事就太平過一天，有事就當人生是場磨鍊，誰不是愈磨愈精光呢！

藍羨雲又帶著旅行箱上路，回到車站搭著火車，一路搖搖晃晃地前往下個目的地，接下來的派遣地點會在哪裡呢？下一任雇主會是什麼樣的人呢？

什麼都不知道的情形下，不妨就帶著點玩心上路吧！

66

遇見來世的妳

作者：DJ 之神

悠揚的小提琴樂聲迴盪在劇院裡，舞台上，陳茹雪輕閉著眼專注演奏著經典情歌《新不了情》。聚光燈打在她身上，隨著音樂節奏擺動的藍色髮梢，像是陽光下海浪輕拍礁石飛舞的浪滴，美麗而動人。

台下，陳顥天與林惠盈靜靜看著台上的陳茹雪，臉上是無盡驕傲的笑容，擁有這麼傑出又美麗的女兒，是他們這輩子最大的成就。

音樂結束，掌聲響起，貴賓席的陳顥天與林惠盈也一併站起為陳茹雪的成就喝采。

「她是揮舞著藍色羽翼的天使，也是我們寶貝的女兒。」一頭蒼髮的陳顥天眼角流出一滴喜悅的淚滴。

「就是說呀！」林惠盈對著身邊的陳顥天微笑。

****

一台白色勞斯萊斯駛過深秋的街道，揚起了路面幾片紅色楓葉。

車窗外深紅色楓林的景緻緩緩後退，映射著陳茹雪白晰臉龐，和一頭蔚藍色的秀髮。

「爸媽，謝謝你們。」

「謝什麼呢？」手握著方向盤的陳顥天透過後視鏡看著後座的陳茹雪。

「謝謝你們總是支持我的夢想，也不遺餘力地栽培我，所以我才能站在舞台上。」

「謝什麼？妳可是我們的寶貝女兒，我們願意付出我們一切，來讓妳有所成就。」林惠盈回頭。

陳茹雪莞爾。

「對了，妳和吳浩目前進展如何？他有要娶妳的意思了嗎？」陳顥天問。

「爸，你怎麼問得那麼直接啦！」陳茹雪無奈笑著，「我也才大四，我覺得，我會先完成在英國皇家音樂學院的進修，之後再說吧！」

林惠盈：「結婚跟學業不衝突呀！況且，吳浩對妳真的很好，不是嗎？」

「爸媽，我知道你們都是為了我的幸福著想，我很感恩你們，不過現在，維持這樣單純的兩人關係，我也覺得很不錯呀！現在吳浩正要忙著繼承他的家業，也是很忙，我覺得等彼此穩

定了，再結婚也不遲。而且，當我站上了世界的舞台，我可以賺很多錢，也可以回饋給家裡。」陳茹雪興奮地說。

陳顥天：「家裡不缺錢，只要妳幸福就好。去英國，有空多記得跟爸媽視訊，讓我們看看，妳在英國過得有多好。」

「這當然！」陳茹雪笑了開來。

車子轉了個彎，開進一間占地很廣的五層樓別墅。

＊＊

天花板的水晶吊燈，散發出柔和黃色燈光，將屋內氣氛點綴得溫馨。環繞音響內一如往常播放著古典交響樂，搭配著用餐時清脆的刀叉撞擊餐盤聲。

四個人坐在鋪墊白色桌巾的餐桌上享用著頂級菲力牛排與紅酒，陳茹雪、陳顥天、林惠盈，以及陳茹雪的男友——吳浩。

他今天穿著深藍色燕尾服，梳著油頭，姿態優雅地切著牛排。

陳顥天：「吳浩，這陣子越來越少看到你爸出現在生意的場合上了，看樣子他真的是打定主意要退休了是吧？」

　　吳浩笑著嘆氣說：「爸爸他常說，人只有一輩子，要好好把握時間完成夢想。爸爸他如今已完成當一個企業家的夢想了，現在，他想追求的，是一個可以看破一切的心境。」

　　「能夠放下一整個家族企業，跑到深山去修行，真的是不簡單的人啊！」陳顥天讚嘆道。

　　「對呀，我想每個人都有他嚮往的生活，無論是什麼樣的生活，只要喜歡，都值得被祝福。」林惠盈笑著說。

　　「你也不簡單，二十初頭就要掌管整個大企業，你的父親想必非常信任你。」陳顥天用肯定的眼神看著吳浩。

　　「哪裡！我還有很多地方要學習。未來，我希望我們家的鋼鐵業，能和陳爸爸您的建設業持續合作，我們一起讓兩個家族更繁榮。」吳浩舉杯。

　　「肯定沒問題。」陳顥天舉杯。

　　所有人一起舉杯慶賀，各自喝下手中的紅酒。

　　「說實在，企業的合作我一點都不擔心，我比較在乎你跟陳茹雪甚麼時候要結婚。」陳顥天邊喝邊說，開門見山。

　　吳浩差點把紅酒吐了出來。

「爸，說這個幹嘛？就說了人家不急，而且，吳浩他剛接任董事長，一定有很多事情要忙。」陳茹雪雙頰漲紅。

「對呀老公，到底有甚麼好急的，你沒聽過吃緊弄破碗嗎？」林惠盈也幫忙緩頰。

「陳爸爸，我跟陳茹雪之間的事情你可以放心，我已經跟她約定好，這輩子會好好對她，你真的不用擔心。」吳浩用餐巾擦拭嘴角不小心溢出的紅酒。

陳顥天皺著眉說：「其實，你們倆的感情很好，我們彼此的合作關係也都很好，一切都很好。但我最近常常做一個夢，讓我很擔心。」

眾人露出疑惑的表情。

「我夢到陳茹雪，她美麗蔚藍色頭髮化成了雪白色，和一個男人手牽手走在路上，那個人不是吳浩，而是一個我不認識的瘸子。」陳顥天憂心忡忡地說。

「我擔心我的夢境，終有一天會化成現實。」陳顥天嘆了一口氣。

「唉唉，別自己嚇自己了。」林惠盈沒好氣道。

「爸，你是不是最近工作壓力太大了？沒事的話，記得多休息。」陳茹雪輕拍著父親的肩膀。

「唉！希望是。」陳顥天苦笑。

****

天氣，晴，天空一片蔚藍，猶如陳茹雪飄逸的藍色長髮。

放下車窗，陳茹雪枕著下巴望著窗外倒退的風景，讓風把髮梢吹得像海浪般跳躍奔放。

「等等音樂發表會，會不會緊張？」吳浩邊開車邊說。

「一如往常，心情非常興奮，內心，卻平靜且遼闊。」陳茹雪慵懶地望著窗外。

「這就是為什麼我這麼喜歡妳，妳就像天空一樣蔚藍且遼闊，和妳在一起，總是可以感受到妳內在那自由與平靜的力量。」

「吳浩，問你個問題。」陳茹雪回眸看向在開車的他，「若有一天，我的頭髮不再是天空般蔚藍的顏色，你還會喜歡我嗎？」

「傻女孩。」吳浩笑著摸摸陳茹雪蔚藍的頭髮，「就算妳頭髮真的變成像你爸夢境裡那樣的雪白色，我依然愛妳。」

陳茹雪笑了開來，「若有下輩子，我希望我們還能夠在一起。」

「下輩子？妳會不會想太遠啦？」吳浩笑了。

「我不管，打勾勾，下輩子我們還要在一起，無論如何，都不能放開彼此的雙手。」

「哈哈，好好好！」吳浩伸出手。

「這是屬於我們彼此之間……」陳茹雪伸出手，和吳浩打勾勾。

「那靈魂的約定。」

****

陳茹雪穿著一襲深白色露肩的晚禮服，搭配著動人蔚藍秀髮，聚光燈打在身上，驚豔的出場迎得了台下觀眾的喝采。

她微笑與觀眾致意後，開始拉起第一首歌。

提琴聲揚起，坐在台下貴賓席的吳浩輕閉雙眼感受著音樂旋律所帶來療癒人心的魔力。他彷彿感受到沁涼的海水溫吞地滑過自己的身軀，舒緩了工作帶給他的壓力。

「陳茹雪，能遇見妳這樣揮舞著藍色羽翼的天使，是我這輩子最大的幸運。」吳浩不禁讚嘆道。

碰！

吳浩耳邊傳來清脆的撞擊聲，接著聽見觀眾的驚呼聲四起，他連忙睜開眼。

「陳⋯⋯陳茹雪？」吳浩瞪大雙眼，看見失去意識昏厥在舞台上的陳茹雪。

****

陳顥天、林惠盈陪伴著陳茹雪坐在診間，一臉死寂。

「還有⋯⋯什麼辦法嗎？」林惠盈焦急問道。

醫師沉重嘆了口氣：「癌細胞已經從腦部擴散到全身，若要說最好的處置，你們不妨可考慮一下安寧病房。剩下的幾個月，患者可以過得比較舒服。」

「怎麼可能⋯⋯」陳顥天緊咬著牙，眼淚不安分地從眼眶滑落。

在診間外不敢面對事實的吳浩，還是透過了門裡傳出來的聲音，聽到了陳茹雪時間所剩不多的消息。他悲痛地跑出醫院，戶外正下著滂沱大雨。

「為什麼要把最愛的一切從我身邊奪走！？」雨水稀哩嘩啦打滿了整臉，分不清吳浩臉上的是淚還是雨。

接下來的日子，陳顥天、林惠盈和吳浩常常陪伴在陳茹雪身旁，陳茹雪虛弱地躺在病床，健康狀況越來越糟。

半年後，終於迎來陳茹雪臨終那一天。

「我真的不想放開你們的手，若有來世，我還想再當一次你們的女兒。」病床上，虛弱的陳茹雪用盡最後一絲力氣緊握著父母雙手。

「妳永遠是我們最愛的女兒，我們好希望能好好再陪著妳，好希望！」林惠盈激動地說。

「下輩子，再當一次爸爸的寶貝女兒，好不好？」陳顥天激動望著陳茹雪。

「好的，爸爸。」

陳茹雪望向一旁的吳浩，他趕緊上前緊握著陳茹雪的雙手。

「吳浩，你還記得我們的約定嗎？」她勉強撐起虛弱的笑容。

「下輩子，還要在一起。」吳浩低頭輕吻陳茹雪的手。

陳茹雪釋懷地笑了：「沒錯，說好的，別放手……」

吳浩感受到陳茹雪緊握的雙手失去了力氣，她闔上的雙眼沒了痛楚，那深鎖於病體裡的靈魂，終於得以在藍天裡自由飛翔。

接下來的日子，陳顥天與林惠盈始終無法走出傷痛，終日愁眉苦臉。他將陳茹雪照片跟小提琴放在家中的一個透明櫃子裡弔念著。吳浩在完全接手父親鋼鐵事業後將自己完全投身於工作裡，業績蒸蒸日上。

時間一晃就是二十年。

****

凌晨五點，年邁的陳顥天與林惠盈在一天清晨裡甦醒，兩人走過被擦得潔淨存放小提琴與陳茹雪相片的透明櫃子，毫無神色地出門散步，無精打采的與其他老人一同在公園裡打太極拳，坐在公園板凳用麵包屑餵食麻雀。午餐吃著巷口的滷肉飯看著新聞，下午坐在豪宅的院子屋簷下呆望著天，直到傍晚才進屋看電視。

林惠盈煮了一頓清淡的三菜一湯，兩人靜靜低頭吃著晚餐，結束後陳顥天坐在沙發上靜靜滑著手機，瀏覽各自的 line 群組，發著長輩文。林惠盈緩慢地用無線吸塵器打掃著諾大空曠的豪宅。

　　忽然間，陳顥天的手機響了，是一通不明來電，陳顥天接起後，對面傳來一位陌生男子聲音。

　　陳顥天靜靜拿著電話，畫面彷彿靜止無聲，接著陳顥天的手開始顫抖，最後，電話掉落地面。陳顥天雙腳跪地痛哭流涕，林惠盈見狀焦急地前來關切。

　　陳顥天抬起頭哭著說：「我們的女兒，回來了。」

＊＊＊

　　高級西餐廳內，一名年紀約莫 50 歲滿頭蒼髮的男子坐在陳顥天與林惠盈前，埋頭猛吃著眼前 16 盎司的菲力牛排。

　　「他是餓了多久了？」林惠盈不可置信看著那位男子。

　　「二十年。」吞下最後一塊牛排，他抬起頭繼續說：「我耿天晴，二十年來從來沒有溫飽過，真的太久沒吃到這麼棒的餐點了，真的謝謝兩位。」

　　「直接切入重點吧！我想要了解你女兒耿若雪的事情。」陳顥天一臉嚴肅望著耿天晴。

　　「好啊！」耿天晴打了個滿足的大嗝，接著說：「這一年開始的，她常常跟我說腦袋裡開始擁有了莫名其妙的記憶，一開始以為是幻覺，後來這些記憶越來越真實。她非常痛苦，以

為是邪靈入侵，或是精神分裂什麼的，總之，帶她去看了精神科醫師，去宮廟求了師父、問卜、驅邪，什麼的都做過了，但就是無法抑制這些越來越明顯的症狀。」

「什麼症狀？」林惠盈露出懷疑的眼神。

耿天晴緩緩將頭靠近陳顥天夫婦說：「腦海裡，出現了前世記憶的症狀。」

陳顥天低頭沉默了兩秒，若有所思，接著抬起頭對著耿天晴問道：「要怎麼證明你說的都是真的，而不是亂掰，或是你早就在暗中默默蒐集我們的個資？」

「一個國中畢業，整天做工維生的工人，哪裡懂什麼偷個資。」耿天晴露出不屑的笑容，繼續說：「要不，你們直接和她見個面，親自確認一下，她是不是你們帶著遺憾離世的陳 茹雪！」

說完，耿天晴打開手機，滑開一張照片後，將手機放在桌上遞到陳顥天前。

陳顥天與林惠盈雙雙瞪大眼，呼吸開始急促。

那女子，外觀和陳茹雪幾乎無異，唯一的差異在於照片中的女生留著滿頭雪白色頭髮。

「好，請讓她跟我們見面。」陳顥天伸出手想拿取桌上的手機來端詳。

「等等。」耿天晴立即將手機收回，繼續說：「與她見面的價碼是，三百萬，現場匯錢，不然免談。」

「你果然是在騙我們錢的吧？暗中觀察我們很久了，利用我們對於女兒的思念，編了一連串故事，就是要騙錢！」林惠盈憤怒指著耿天晴。

「就算你女兒擁有了我女兒的記憶是事實，依陳茹雪的人格，怎麼會讓自己的父親去坑別人的錢，坑的還是她前世親生父親的錢，這太扯了。」陳顥天也快失去耐性。

「不好意思，我的所作所為，也是我的女兒耿若雪允許的。」耿天晴低聲回應道。

現場一片寂靜，陳顥天與林惠盈完全不敢相信眼前的事情，腦袋一片混亂。

「就算她的體內擁有著，你說的那位正直善良體貼有愛心的，叫做陳茹雪的記憶，或是人格也罷。」他再次將頭湊近陳顥天夫婦，用嚴厲的眼神看著他們：「你們他媽的知不知道我的女兒耿若雪，到底這輩子經歷了什麼？」

「經歷了什……什麼？」陳顥天身體微微往後靠，支支吾吾說道。

「我說了，這頓晚餐，是這二十年來第一次讓我吃飽的餐點。耿若雪，她到現在長到二十歲，還真不知道什麼叫做大魚大肉。」

陳顥天閉上眼深吸一口氣，再張開眼望向林惠盈，林惠盈無力地望著陳顥天搖頭。

「惠盈，我們不缺錢，若是假的，就當作被騙，但若是真的呢？」

耿天晴露出滿意的笑容說：「對呀，若有機會，你是否願意花三百萬，遇見來世的女兒？」

陳顥天轉頭用堅定的眼神看著耿天晴。

「我願意。」

****

初秋，落葉鋪滿了公園裡的小徑。清晨的公園安靜得只剩鳥語，然而此刻，站在小徑中央的陳顥天與林慧盈只聽得到自己顫動的心跳聲。

不久，遠方逐漸靠近的兩個人影漸漸清晰，伴隨著落葉被踏碎漸強的聲音。

林惠盈激動的用雙手摀住自己的嘴，眼前的一切完全不可置信。陳顥天呆呆看著站在耿天晴身後的女子，和陳茹雪有著一樣的外貌，卻擁有一頭雪白頭髮。

耿若雪微微低著頭，視線不敢正對著陳顥天宇林惠盈。

耿天晴看了看陳顥天，又看向耿若雪，調侃地說：「怎麼了，不知道要叫誰爸爸嗎？」

「妳……妳是陳茹雪嗎？」林惠盈忍不住問。

耿若雪表情糾結地搖頭說：「不確定，我很亂。我想來這裡，確定腦海裡的那些片段，到底是不是真的。此外……」

耿若雪的眼神飄忽不定，一直不敢直視陳顥天，好像做了虧心事般，她繼續說：「我們家欠了很多錢，那三百萬，幫了我們家很大的忙，總之，很謝謝陳大哥。」

說完，耿若雪低頭向陳顥天道謝。

百萬種滋味沖上陳顥天心頭，他看見擁有著前世記憶，幾乎篤定就是自己女兒的女子，像陌生人般有禮貌地答謝自己。他心想，的確，在她這輩子，自己對於她來說就是個陌生人。

　　靜默了幾秒，陳顥天開口說：「若這世上，真的有輪迴這件事，那麼我愛自己的親生女兒，無論她是以哪種身分跟我相遇，做為一個父親，幫助她，那是天經地義的。」

　　耿若雪顫了一下，臉上充滿著愧疚，與許多難以解釋的糾結。

　　耿天晴看著雙方彼此，淡淡的說了一句：「你們應該有很多話要說吧？我就不打擾了。」

　　說完，耿天晴轉身就離開。

　　「耿天晴。」陳顥天叫住了他。

　　耿天晴回頭。

　　「總之，謝謝你了。」陳顥天。

　　耿天晴瀟灑笑著搖頭說：「我也要謝謝你，那三百萬救了我們。之前黑道天三不五時來我們家，說實在，面對這樣的債務壓力，之前，我跟耿若雪有認真考慮過一起自殺這件事。」他低著頭充滿愧疚，「是我沒有能力，像你一樣給你的女兒像樣的家。耿若雪，若是出生在你們家，就不用活得這麼辛苦了。」

　　「爸，別再說了。」耿若雪哀求道。

耿天晴嘆了一口氣，揮手對陳顥天跟林惠盈說道：「你們好好聊。」

之後便瀟灑地轉身雙手插著口袋離開。

****

打開門，陳顥天與林惠盈走進。站在家門口的耿若雪，遲疑了好幾秒，才緩慢地踏入家門。

她張望四周，家中擺設跟二十年前沒有太大差異，有種說不上來的熟悉感，畢竟耿若雪這輩子從未真的踏進這棟房子過。房子裡，唯一與記憶中不同的地方，在於客廳中多了個透明的櫃子，裡頭擺了把小提琴與相片。

她站在那櫃子前端詳許久，腦海中，一頭蔚藍色頭髮的陳茹雪拿著提琴在舞台表演的場景再度浮現。

「妳以前，最愛用這把提琴上台演奏。妳說不是因為這把提琴音色是頂級的，是因為這是我們送妳的第一把提琴。帶著我們的祝福，才能做出最完美的演出。」林惠盈走近櫃子，看著耿若雪。

「我……」耿若雪凝望著提琴，小心翼翼伸出手，似乎是想觸碰櫃子。

「妳想試試看嗎？」陳顥天見狀，也走近櫃子。

「我想要拿這把提琴看看，可以嗎？」耿若雪露出祈求的眼神。

「當然可以。」林惠盈露出欣慰的笑容，將櫃子裡的提琴取出，交給耿若雪，「這可是妳自己的提琴呢！有何不可？」

「我的……」接過提琴，耿若雪露出像小孩拿到玩具時的喜悅笑容，將提琴捧在手上仔細端詳。

「要拉拉看嗎？」陳顥天。

「可是我這輩子還沒拉過提琴。」耿若雪有點畏縮。

「但我很清楚妳的靈魂，擁有著陳茹雪的經歷。有些東西一旦經驗過，就會完整地刻劃在靈魂深處。」陳顥天堅定地望著耿若雪。

耿若雪看著手上的提琴，深吸了一口氣，將提琴用下巴與鎖骨夾住，將弓放上琴弦，拉出了一首大家最熟悉的旋律，《新不了情》。

陳顥天與林惠盈忍不住用手摀住嘴，眼淚無法抑制地滴了下來。眼前飄逸著雪白色頭髮的耿若雪，陶醉於提琴旋律中的

模樣，和陳茹雪一模一樣，他們可以非常確定，在眼前的是他們離開了二十年的女兒，如今奇蹟般重現在眼前。

耿若雪的視野漸漸模糊，一滴、兩滴眼淚滴在提琴，最後她崩潰地流下兩行淚，放下提琴，衝過去抱住陳顥天與林惠盈。

「爸媽，我好想你們！」

耿若雪壓抑已久的感情，終於隨著防備心卸下的那一刻，毫無保留地釋放了。

「我們都知道，我們都知道，無論妳是誰，妳經歷了什麼，妳叫什麼名字，妳都是我們最寶貝的女兒。」陳顥天輕撫著耿若雪雪白的頭髮。

****

因為難產，在耿若雪出生那一刻就注定了這輩子的單親命運。在她出生前一個月，耿天晴因為幫信任的朋友做保，想不到對方捲款潛逃國外，將幾千萬的債務推到耿天晴身上。

耿天晴在耿若雪小的時候常對她說：「爸爸很抱歉，若雪，妳出生在一個不太恰當的時機，和一個錯誤的家庭。若妳有機會選擇，真希望妳能選擇好一點的家庭、好一點的父母，這樣，妳會好過很多。」

　　然而，善良的耿若雪從未責怪過父親，在她腦海裡想的，永遠是如何趕快有賺錢能力，好解決家中的債務，從此以後才能過上安穩的生活。

　　她沒吃過大餐，沒買過奢侈品，不知道出國和畢業旅行的滋味，國中畢業後就全心協助父親經營夜市攤鋪生意，全年無休。她唯一祈求的，就是黑道不要那麼常上門砸店威脅恐嚇，好讓他們多一點平凡的日子可以過。躲債、還債、被恐嚇，是耿若雪有記憶以來的日常生活。

　　儘管耿若雪總是試圖說服自己這輩子和夢想無緣，認份地把錢還清才是生存之道，每當看見電視裡穿著光鮮亮麗在舞台上演出的提琴家，內心總有股莫名的悸動。

　　直到重拾前世回憶的她才明瞭，揮之不去的，是關於靈魂深處，那永恆不滅的烙印。

＊＊

　　「命運造化弄人啊！」看著窗外深紅色的楓樹，陳顥天嘆了氣。

　　「爸，有了妳的資助，我和我爸的經濟壓力已經減輕許多了。」耿若雪說完，隨即又意識到什麼，愧疚地低下頭，「爸……」

「不用覺得愧疚，妳有兩個身份，妳上輩子是我的女兒，這輩子是耿天晴的女兒，妳叫他爸，天經地義。」陳顥天釋懷笑著說，「我顥天這輩子，不求妳什麼，只求妳平安，只求妳快樂，就好。」

耿若雪留下感激的眼淚，對著陳顥天低頭致謝。

「對了，你有空要不要去看一下吳浩，這二十年來，他一直都不好過。」林惠盈坐在耿若雪旁，輕拍耿若雪的肩。

耿若雪身子震了一下，猛然抬起頭：「吳浩？他……他結婚了嗎？」

林惠盈無奈搖頭：「妳走後，他將自己埋首於事業之中，儘管事業飛黃騰達，吳家的鋼鐵企業在國內已位居龍頭地位，但我和你爸都知道，他從未真正開心過。」

「去看看他好嗎？別讓他的回憶停留在妳離去那一刻。」陳顥天催促著。

「他到現在，還不知道妳已經回來了，這些事情，我覺得還是妳親口跟他說會比較好吧！」林惠盈也好心提醒。

「這……」耿若雪望著窗外的楓紅，又嘆了一口氣。

****

市中心一棟立地聳天的八十層雄偉大樓，是吳浩的鋼鐵企業總部，在頂樓的視野，可以望穿整座城市和遙遠的海平面。

董事長室門外的貴賓室沙發上，儘管窗外的風景是她這輩子沒見過的高空美景，但她仍無心遊覽。只管低著頭，內心盡是忐忑不安。

不久，一位穿著一襲黑色連身裙的女秘書走來，氣質典雅高貴，和前世的陳茹雪類似，在習慣今生的耿若雪身分的她卻感到萬般壓力，彷彿這樣貴氣的穿著與她的生活無關，就算再怎麼努力打拼也不可能擁有這樣的生活。

「請進，吳董在裡面等妳。」她輕輕一笑，耿若雪嗅出了她身上的香奈兒香水味，是她前世常用的其中一種味道。

門打開，是一間二十坪左右的氣派辦公室，從入口的視野，看見正中央一個氣派的木質辦公桌，後方一整個落地窗，回頭即能俯瞰整座城市的美景。

坐在辦公桌前，低頭專心看著電腦螢幕，從未抬起頭的，是二十多年未見的吳浩。在秘書的帶領下耿若雪戰戰兢兢地走近吳浩眼前，吳浩的樣貌與二十年前無太多變化，只是頭髮白了許多，臉上出現幾絲滄桑的紋路。

「吳董，這是前幾天前跟您預約今日要見面的女客人，耿小姐。」

「知道了，您先出去吧！」

在秘書離開後，耿若雪靜靜站在吳浩面前，她靜靜看著認真工作的吳浩，內心有很多想對他說的話，卻又不知從何提起。

繼承家業擔任企業領袖的他，不知何時已習慣讓人等待，這不是傲慢，而是身為董事長的他太過於忙碌，總是習慣將事情告一段落再接見客人，這樣對整個企業營運事務來說會比較順暢。

吳浩專心看著電腦上的郵件，手指從未停下來，邊工作邊說：「真是抱歉，這些年來我不知已跟陳顥天說過多少次，我現在還沒有結婚的念頭，不用一直介紹對象給我。他介紹過給我的不乏政商名流，但後來我都拒絕了，當然我有我的理由。我知道妳也是他介紹的人，想必妳也不是個簡單的人物，但我還是得對妳說聲抱歉，這場會面，就當交個朋友吧！也算是給陳顥天一個交代了。」

接下來，還是一連串的鍵盤敲打聲，伴隨著凝結的空氣。

「吳浩。」

一個二十年未再聽見，熟悉到不行的聲音與語調，撞入了吳浩的耳膜，他猛然抬起頭，眼前的這位少女，讓他瞪大雙眼。穿著夜市攤位購得的廉價 T 恤與牛仔褲，一頭雪白長髮飄逸，氣質與外貌竟和二十年前的陳茹雪一模一樣。

「妳……？」他開始結巴。

「我……」耿若雪嚥了口水，想對吳浩說出內心的話。

「我是陳顥天最近認識朋友的女兒，叫做耿若雪。」

「耿若雪？妳到底是誰？為什麼妳長得……」吳浩欲言又止，他從不把自己思念陳茹雪的秘密跟任何陌生人分享，但眼前這位熟悉的陌生人讓他亂了調。

「對。」她深呼吸，緊張得一直用手摀著自己牛仔褲的口袋。

「我這輩子的身分，叫做耿若雪。」

「這輩子？什麼叫這輩子？妳到底想表達什麼？」吳浩的思緒像織亂的毛線，困惑不已。

「吳浩。」耿若雪吞了一口口水，「我的身體裡，住著的是陳茹雪的記憶與靈魂，二十年前，我離開了你，離開了我的父母。這二十來，我以一個全新的身分活著。我曾以為，耿

若雪，就是我的全部，一年前，關於前世的回憶逐一清晰。吳浩，我是耿若雪，也曾是陳茹雪。」

雪白的頭髮，有一樣的外貌，用同樣的聲音、同樣的語調，卻說著吳浩認知上難以理解的事情。

「告訴我，這不是某個專業女演員和陳天顥約定好，要讓我走出思念之苦所演的戲碼。」吳浩並未在一時之間承認眼前的事實。

「吳浩，你記得我和你的約定嗎？」耿若雪試探性問著。

「陳茹雪曾跟我約定過，下輩子，還要在一起。但這件事情陳顥天他也曉得，天知道這是不是你們串通好的戲碼之一。」吳浩有些憤恨，他最討厭的，就是別人去碰觸他內心最深的情傷。

「不管你相不相信，我知道你這二十年來過得並不開心。一年前，我並不清楚為什麼我會憶起前世的所有回憶，直到聽說你的近況後，我才明白為什麼。我的靈魂選擇再次降臨，是要協助你真正從思念之苦裡解脫。」

吳浩指著耿若雪破口大罵：「耿小姐，我警告你不要玩弄別人的感情。更不要拿什麼前世今生，這種偶像劇灑狗血劇情

來演，我不吃這一套。陳茹雪，她已經離開了，我始終都接受這樣的事實。」

「你才沒有，我認識的吳浩，從來不會那麼陰沉。」

面對耿若雪突如其來無所適從的衝擊，吳浩只是靜靜看著她，他寧願不想把生死輪迴當真，只希望一切平靜，讓他可以度過餘生就好。

靜默了片刻，耿若雪輕聲開口說：「我不想再跟你證明什麼，我只想問你，若陳茹雪還活著，你還會希望什麼？」

吳浩咬了咬手指，思索片刻，然後說：「我只希望，她過得幸福快樂，這就是我最大的心願。」

「吳浩。」耿若雪轉身，「想不想聽聽久違的音樂，我知道你從一個人彈奏的樂器，就可以知道她過得開不開心。」

「妳會彈奏樂器？」從耿若雪的穿著看來，吳浩很難置信她是一個懂得音樂的女生。

耿若雪笑了開來，綻放出跟陳茹雪一樣的笑容。

「一年前，我開始想起了，該怎麼拉好提琴這件事。」

****

舞台上，飄逸的白髮，沉醉的眼神，耿若雪拉著經典情歌，張學友的《祝福》。一樣的舞台，一樣的提琴，一樣的外貌，不同的髮色，不同歌曲。當音樂揚起，吳浩知道，騙不了自己的事實是，陳茹雪真的回來了。

音樂結束，拉完提琴的耿若雪佇立在台上，靜靜望著沉默的吳浩。

「我總是認為將傷藏在最深處，總有一天就會忘掉，我以為，我幾乎快成功了，我就快要成功忘記妳了，想不到……」吳浩站了起來，「輪迴，真的把妳帶回來了。現在我的腦海裡，一直縈繞著陳茹雪曾演奏的歌曲，《新不了情》。」

「吳浩。」耿若雪緩緩走下台，直到吳浩身邊，輕拍他的肩膀，「你不值得過得那麼辛苦。」

「我錯過了前世的妳，但我很幸運，還能遇見來世的妳。現在我，終於可以放下對妳思念之苦了。」吳浩露出感激的眼神。

耿若雪笑著點點頭。

「陳茹雪，我們這輩子，一起開心的生活在一起好嗎？」吳浩懇求說。

「吳浩。」耿若雪靜靜看著吳浩，「我現在的身分是耿若雪，我是代表陳茹雪的靈魂要來跟你說……」

「說我們終於可以在一起了，對吧？」吳浩興奮地回答。

耿若雪搖了搖頭，嘆氣。

「不對，我代表陳茹雪，來跟你道別。」

彷彿一道雷劈斷了吳浩喜悅的情緒，再次將他拖入了驚恐的深淵，就像二十年他得知陳茹雪罹癌那瞬間一樣。

「什麼意思？」吳浩不解。

「三天前，在陳顯天介紹下，我見過你爸了，他通過修練，開始能夠接收來自靈界的訊息。他知道彼岸的我們在出生前曾做過的約定，是要在這輩子，了解真正的愛是什麼。」

「什麼意思？」他幾乎快崩潰了。

「我這輩子，有一個男朋友，他是我的青梅竹馬，叫做李強，雖然他是個瘸子，但我還是很愛他。上輩子，我有一個很愛我的男人，叫做吳浩，我也很愛他。之前我非常錯亂，擁有兩段人生記憶的我，幾乎快要支離破碎，我不知道要選擇哪段記憶、哪個身分，才能勇往直前的活下去，直到你爸告訴了我

彼岸的靈性訊息，我才知道為什麼我會再次輪迴，帶著前世記憶，再次遇見你。吳浩，你聽我說。」

＊＊

三天前。

「儘管，靈魂所經驗的旅途，每一段訊息與記憶，都會記錄在阿乙莎裡頭，然而，幾乎所有的靈魂在投胎轉世的那一瞬間，都會忘卻前世的所有記憶，妳知道為什麼嗎，若雪？」

「不清楚。」

「忘卻前世回憶是神性的恩典，那意味著無論前世經歷什麼，永遠都有重來的機會，妳能夠擁有嶄新的人生，新的開始，新的無限的可能，而不用再受舊有人事物的牽纏。」

「那為什麼我會記得前世的一切，我好痛苦。我愛著前世的一切，也愛著今生的一切，但卻不能同時愛著所有一切，這讓我好痛苦！」

「妳的靈魂，吳浩的靈魂，透過妳上輩子的死亡與離去，這輩子的輪迴與相遇，想要歷練與學習到的課題，就是了解真正的愛是什麼。」

「我不懂。」

「妳和吳浩累世已當過太多次伴侶、夫妻，在每一次靈性安排的人生劇場中，總有一個人會先早逝。留下來的那一個，就得學會放下對另一半的執著。因為真正的愛，不是一直擁有對方肉身的陪伴，而是彼此無論以什麼狀態存在，都能真正的給予對方祝福，真正打從心底，希望對方快樂。」

「所以直到我到了耿若雪這輩子，還是沒能學會這課題嗎？」

「對呀，耿若雪，妳該學會放下了。放下陳茹雪，放下陳顥天，放下林惠盈，放下吳浩。好好去愛妳這輩子的所有，放下不再屬於妳這輩子的擁有。因為真正的愛，不會因為你選擇放下，它們就消失不在。在靈魂的層次，更高維度的意識，所有靈魂之間，都是毫無條件深愛著彼此，不會因為肉身的身分地位，前世今生，而有所分別心。」

「吳爸爸，你的意思，是要我選擇忘卻並放下陳茹雪的一切嗎？」

「沒錯，愛的極致是放手。唯有真正放手，妳才會明白，真正的愛從來沒有離開過。」

「那，我該怎麼做？」

「去找陳茹雪曾放不下的人，和放不下陳茹雪的人，跟他們好好的道別後，關於陳茹雪的一切，會再次封存到阿乙莎裡頭。妳的肉身，將只會記得耿若雪的一切，到時，妳曾放不下的，和曾放不下妳的，都會真正解脫。」

****

「原來如此。」吳浩嘆氣道。

「所以，是時候要跟你真正的說再見了。上輩子，我們好像沒有好好的說再見。」

「陳茹雪，妳騙我！」吳浩眼眶泛著淚，有些生氣地說。

「騙你什麼？」

「妳曾說過，下輩子妳希望還能夠跟我在一起，結果妳現在選擇放下我，好去愛妳這輩子的情人。」吳浩邊哽咽邊說。

「吳浩，我沒有騙你。」耿若雪聽到這番話後笑了開來，「當這輩子，我們都學會放下和祝福，下輩子，我們才會好好地在一起，才會真正地白頭偕老，這也是我最大的願望。」

「妳說的喔！」吳浩伸出手。

「哈哈，我說的約定，不管我是陳茹雪還是耿若雪，我從沒忘記和你的約定。」耿若雪伸出手。

「我吳浩很幸運，遇見了蔚藍的妳，和雪白的妳。下輩子，我依然要遇見，來世，最美的妳。」

「我答應你，親愛的，這是屬於我們彼此之間，那靈魂的約定。」

彼此笑著也哭著，小拇指勾在一起，大拇指蓋了印章。

窗外，天氣晴，藍天，和白雲。

國家圖書館出版品預行編目資料

解不開的鎖鏈 / 風見喬、曼殊、DJ 之神　合著. —初版.—
　臺中市：天空數位圖書　2021.07
　　面：14.8*21 公分
　　ISBN：978-986-5575-48-9（平裝）

863.55　　　　　　　　　　　　　　　　110012532

書　　　　名：解不開的鎖鏈
發　行　人：蔡秀美
出　版　者：天空數位圖書有限公司
作　　　者：風見喬、曼殊、DJ 之神
編　　　審：龍璈科技有限公司
製　作　公司：羅熙有限公司
美　工　設計：設計組
版　面　編輯：採編組
出　版　日期：2021 年 07 月（初版）
銀　行　名稱：合作金庫銀行南台中分行
銀　行　帳戶：天空數位圖書有限公司
銀　行　帳號：006-1070717811498
郵　政　帳戶：天空數位圖書有限公司
劃　撥　帳號：22670142
定　　　　價：新台幣 230 元整

電子書發明專利第　I　306564　號

※　如有缺頁、破損等請寄回更換

Family Sky

紙本書編輯印刷：
電子書編輯製作：
天空數位圖書公司　E-mail：familysky@familysky.com.tw　http://www.familysky.com.tw/
地址：40255台中市南區忠明南路787號30F國王大樓　Tel：04-22623893　Fax：04-22623863